Die falsche Hostess

PEA JUNG (Jahrgang 1977) lebt mit ihrem Mann und vier Kindern in der Nähe von München. Neben der Arbeit als Sozialpädagogin schreibt sie Liebesgeschichten mit Happy End, wobei der Erotikfaktor von Geschichte zu Geschichte variiert. Mit ihrem Debütroman DIE FALSCHE HOSTESS gelang der Überraschungserfolg – das Buch entwickelte sich in kurzer Zeit zum Bestseller. Seither begeisterte jedes ihrer Bücher die stetig wachsende Leserschaft. Mittlerweile ist sie mit ihren eBooks eine erfolgreiche Self-Publisher-Autorin.

PEA JUNG

Die falsche Hostess

Bibliografische Information der Deutschen Nationalbibliothek:
Die Deutsche Nationalbibliothek verzeichnet diese Publikation in der
Deutschen Nationalbibliografie. Detaillierte bibliografische Daten sind
im Internet über http://dnb.dnb.de abrufbar.

2. Auflage 2015

Covergestaltung und Satz: Jürgen Müller, LayArt
Quellennachweis der Umschlagfotos:
© istockphoto.com/jaroon
© istockphoto.com/zakazpc
© istockphoto.com/RPedrosa

Lektorat: Claudia Fenster-Waterloo

Herstellung und Verlag: BoD – Books on Demand, Norderstedt
ISBN: 978-3-7357-4200-1

Kapitel 1

Ahhhh«, schreit mir meine Nachbarin Doris entgegen, als ich ihr die Tür meiner kleinen Wohnung öffne. Hektisch betritt sie die Wohnung, indem sie sich, wild mit den Armen fuchtelnd, den nötigen Platz verschafft. Ich schließe meine Tür und verschränke erwartungsvoll die Arme.

»Sieh's dir an, Ela. Eine Katastrophe!«, schimpft sie verzweifelt und dreht sich zu mir um.

»Was denn?«, frage ich, weil ich ihr Problem nicht auf Anhieb erkenne. Sie kommt ganz nah an mich heran und deutet auf ihre Lippe.

Ihre Oberlippe ist auf einer Seite dick geschwollen. »Oh! Warst du beim Einspritzen?«, frage ich unbedarft, da ich weiß, dass sie ihr Geld gerne in kleinere Schönheitsmaßnahmen umsetzt.

»Nein«, kreischt sie entnervt, »das ist ein Herpes und oberhalb meiner Lippe bilden sich im Moment noch mehr Bläschen.«

»Das geht doch wieder weg. Du solltest dir die andere Seite der Lippe einspritzen lassen, dann sieht's wieder gleich aus.«

»Lach du nur. Ich hab heute Abend einen Job, noch dazu bei einem Erstkunden«, schluchzt Doris und klingt ehrlich verzweifelt.

»Mit viel Schminke fällt das doch überhaupt nicht auf.«

»Doch. Außerdem, was mach ich, wenn er mich küssen will?«, fragt Doris mehr sich selbst und lässt sich auf meine Couch plumpsen. Ich setze mich neben sie.

»Ich dachte, du hast keine körperlichen Kontakte zu deinen Kunden?«

»Nicht einmal einen Kuss auf die Wange kann ich ihm geben. Und außerdem, wenn er gut aussieht, dann hab ich ja gar nichts gegen weitere körperliche Kontakte.«

Doris hätte diesen Job nicht nötig. So gut wie sie aussieht, könnte sie jede Menge Männer haben. Aber sie scheint mit sehr wenig Aufwand viel Geld zu verdienen, wie sie immer wieder betont. Außerdem, sagt sie, lernt sie viele interessante Männer mit gepflegtem Äußerem und guten Manieren kennen. Wie ich zugeben muss, genau das Gegenteil von der Sorte Mann, mit der ich bisher das Vergnügen hatte. Doris ist Hostess. Sie arbeitet in einer der wenigen seriösen Agenturen der Stadt, jedenfalls behauptet sie das. Sie geht mit den Kunden gemeinsam aus oder zu offiziellen Anlässen. Eine Zeitlang war sie die Begleitung für einen schwulen Mann, der oft in der Öffentlichkeit steht und mit ihrer Hilfe seine Homosexualität vertuscht hat.

Wieder schaue ich sie mir genauer an. Ich kann das Herpes nicht schönreden. Es sieht echt übel aus. Deshalb schlage ich vor, dass sie den Termin absagt.

»Damit eine der anderen meinen Auftrag bekommt? Nie im Leben!«

Wir sitzen eine ganze Weile schweigend nebeneinander und grübeln. Irgendwann seufze ich: »Ich würde dir ja gerne helfen, aber mir fällt auch nichts ein.«

Auf einmal beginnt Doris glückselig zu lächeln und schaut mich strahlend an. »Du gehst für mich zu dem Termin.«

Ich stehe abrupt auf und schnauze sie an: »Ja genau. Ganz tolle Idee!« Dann gieße ich mir ein Glas Wasser ein.

»Warum denn nicht, Raffaela?«

Wütend drehe ich mich um. »Sag mal, spinnst du? Ich kann so etwas nicht. Ich mache so etwas nicht.«

»Ich bin keine Nutte, Ela«, sagt Doris mit drohendem Unterton und steht ebenfalls auf. »Bitte, du musst nur mit dem Kunden zum Essen gehen. Er hat in einem Fünf-Sterne-Hotel reserviert. Du quatschst eine Weile gepflegt mit ihm und dann seilst du dich ab.«

Ich lache, weil mir ihre Idee so absurd erscheint. »Es gibt da ein paar Schlagwörter in deinem Text, die nicht zu mir passen: Fünf-Sterne-Hotel, gepflegte Unterhaltung.«

»Mach dich nicht dümmer, als du bist! Komm schon. Ich übernehme auch den Treppendienst für dich.«

Ich hasse den Treppenputzdienst und sie weiß das nur zu genau. Ich zögere, warum auch immer. Aber ich merke, wie ich zögere, und Doris bemerkt das auch. Sie redet weiter auf mich ein. »Du kannst auch das Geld haben. 230 Euro – pro Stunde!«

Ich verschlucke mich an dem Wasser, das ich gerade trinke. Doris lächelt siegessicher. Nachdem ich mich beruhigt habe, hake ich nach. »Wirklich?«

»Wirklich!«

Sie hat mich an der Angel. »Ich muss nur mit dem Kerl gemeinsam essen?« Doris nickt. »Ich weiß nicht. Ich kann das nicht.«

Da spielt sie ihr Ass aus. »Ich kann eigentlich nicht mit Kindern umgehen und trotzdem habe ich es gemacht. Schon vergessen, Ela?«, säuselt sie und damit holt sie die Angel ein.

Sie hat mir einmal aus der Patsche geholfen, als ich erkrankt war und meinen Nebenjob als Babysitterin nicht wahrnehmen konnte. Als sie nach Hause kam, sah sie damals wirklich sehr erschöpft und müde aus. Sie hatte den ganzen Nachmittag mit den Kindern Brettspiele gespielt, obwohl sie das hasst.

»Also gut.« Ich schnaufe tief durch und kann es selbst nicht glauben, was ich da sage.

»Wunderbar! Komm in zwei Stunden zu mir in die Wohnung, dann bekommst du alles, was du brauchst.«

Nachdem sich der erste Schock über meine Zusage gelegt hat, gehe ich ausgiebig duschen. Meine kleine Einzimmerwohnung hat kein eigenes Bad. Ich teile mir das Etagenklo mit drei anderen Hausbewohnern. Alle sind Studenten wie ich. Doris studiert Psychologie, während ich mich für Wirtschaftswissenschaften entschieden habe. Keine Ahnung, warum. Ich bin da eigentlich alles andere als richtig aufgehoben, vor allem, weil es in den ersten Semestern hauptsächlich um Mathematik ging. So ähnlich muss sich Joschka Fischer gefühlt haben, als er in den Bundestag eingezogen ist: Ich passe eigentlich überhaupt nicht zu den typischen

Wiwi-Studenten. Aber egal. Und heute tu ich auch etwas, was überhaupt nicht mein Fall ist.

»Du hast Glück«, sagt Doris, als ich in ihrer Wohnung bin.

»Warum?«

»Naja, der Bekannte, der mich für seinen Bekannten gebucht hat, kennt nur mein seriöses Ego.«

»Seriöses Ego?«

»Ich bin in der Agentur mit mehreren Set-Karten vertreten. Da gibt es zum Beispiel die blonde Michelle, die grundsätzlich nur mit tiefem Ausschnitt und High Heels aus dem Haus geht. Das ist die Sorte Frau, die über jeden noch so schlechten Witz lacht und eigentlich sind die Herren nicht daran interessiert, dass ich als Michelle viel rede. Nur zuhören muss ich können und an den richtigen Stellen lachen.«

»Und ich bin diese Michelle?«

»Nein, ich sage doch: Du hast Glück. Mein Bekannter kennt mich unter dem Namen Sophia. Das ist eher der Typ Begleitung, der für eine gute Unterhaltung sorgt und dem einsamen Mann eine angenehme Ablenkung bietet.«

»Ach herrje, kann ich nicht als dumme Michelle gehen und in den stillen Momenten blöd kichern? Das lenkt doch den einsamen Mann auch ab, oder etwa nicht?«

»Raffaela! Ich fürchte, du bist die brünette Sophia«, sagt Doris resolut und zeigt mir eine braune Langhaarperücke mit Pony. »Glaube mir, es ist wesentlich anstrengender, als Michelle unterwegs zu sein. Sophia ist zwar auch sexy, aber nicht gar so auffällig wie Michelle.«

»Ich bin aber Raffaela!«

»Sieh das Ganze einfach als eine Art Experiment, wie eine Faschingsveranstaltung. Du darfst heute Abend ein anderer Mensch sein.«

»Jetzt wird mir schon klar, warum ausgerechnet du als Psychologiestudentin in diesem Job gelandet bist.«

Mein Blick fällt wieder auf die Perücke. Es ist mir ein Rätsel, wie ich meine rote Lockenpracht da drunterquetschen soll. Doris hat meinen zweifelnden Blick bemerkt und zeigt mir eine Art Haube. »Das ist extra für Perücken. Du kannst deine Haare darunter verstecken.« Sie mit ihren kurzen Haaren hat gut reden!

Eine Stunde später bin ich eine brünette Schönheit geworden. Doris hat es tatsächlich geschafft, all meine sichtbaren Sommersprossen zu überschminken. Ich sehe völlig verändert aus und das beruhigt mich. Doris hat mir ein schwarzes Abendkleid geliehen, das ich wahrscheinlich besser ausfülle als sie, aber es passt. Eigentlich fühle ich mich sogar sehr wohl in dem Kleid, weil es nicht zu knapp geschnitten und auch nicht zu kurz ist.

Doris ruft ein Taxi für mich und redet in einer Tour auf mich ein. »Also, du bist jetzt Sophia. Vergiss das nicht. Ich habe dir in deine Tasche alles eingepackt, was du brauchst, auch Kondome, für den Fall …«

»Doris!«

»Du musst für alles gerüstet sein.«

»Meinst du etwa, ich gehe mit irgendeinem gelangweilten einsamen Kerl ins Bett, der wahrscheinlich alt und dick ist?«

Doris geht nicht auf mich ein. »Heb auf jeden Fall den Taxibeleg auf und bestell dir für die Heimfahrt auch ein Taxi. Ruf mich an, wenn das Treffen vorbei ist, dann organisiere ich alles. Denk daran: Dieser Mann zahlt ein Vermögen für deine Anwesenheit. Es gibt nur ihn für dich, egal, wie alt, hässlich oder langweilig er auch sein mag. Deine Aufmerksamkeit darf nie auf andere Leute fallen, egal wie knackig, jung oder interessant diese im Vergleich zum Kunden auch sein mögen. Gib ihm das Gefühl, dass er der einzige Mensch im Raum ist. Unterbrich ihn nicht, sei höflich, beantworte keine privaten Fragen ...«

»Über was soll ich denn mit dem reden?«

»Wenn er etwas Privates wissen will, rede dich heraus. Sei kreativ, aber lass dich nicht als Lügnerin entlarven.«

Mir wird ganz schlecht. »Ich glaube, ich hätte auch Psychologie belegen sollen.«

»Du schaffst das schon. Es ist nur ein Essen.«

Es klingelt an der Tür. Das Taxi! Doris schiebt mich zur Tür und ich stemme mich leicht dagegen. »Wie erkenne ich ihn denn?«

»Treffpunkt Restaurant. Es ist ein Tisch reserviert, auf den Namen Meyer. Das ist aber der Name meines Bekannten, der den Kunden vermittelt hat.«

Und schon sitze ich in dem Taxi auf dem Weg zu einem Blind Date mit einem Mann, dessen Namen ich nicht einmal kenne.

Kapitel 2

Zögernd betrete ich das große Hotel und frage nach dem Restaurant. Die Mitarbeiter sind höflich und ich nehme mir vor, genauso höflich zu dem Mann zu sein, dessen Gesellschaft ich die nächsten Stunden genießen darf. Ich bin überpünktlich, als ich den Mitarbeiter erreiche, der eigens dafür angestellt ist, neu ankommende Gäste zu empfangen.

»Guten Abend, Madame«, säuselt der Mann und ich erstarre ehrfürchtig vor dem noblen Ambiente.

»Guten Abend«, erwidere ich.

»Haben Sie eine Reservierung?«

Ich schlucke. »Ja, auf den Namen Meyer.«

»Zwei Personen? 19 Uhr?«

Als ich nicke, winkt er einen Kollegen heran und sagt: »Tisch 17.« Der Kellner geht voran und ich folge ihm in das Lokal, das gut besucht ist. Er steuert auf einen Tisch zu, an dem ein Mann sitzt, der mich stark an Alfred Hitchcock erinnert. Nein! Gerade als ich beginne, Doris zu verfluchen, gehen wir an dem Tisch vorbei. Ich schnaufe durch und bin erleichtert, zu sehen, dass Tisch 17 leer ist. Der Kellner wartet tatsächlich, bis ich mich setze und rückt mir den Stuhl zurecht. Sofort zückt er ein Feuerzeug und die unberührte Kerze auf dem Tisch fängt Feuer.

»Darf ich Ihnen schon etwas bringen, Madame?«, fragt er freundlich.

»Nein danke, ich warte noch auf meinen Begleiter.«

Glücklicherweise kann ich von meinem Platz aus den Eingang des Lokals beobachten. Die nächsten Minuten verbringe ich damit, jeden Neuankömmling unter die Lupe zu nehmen, vor allem die Männer, die alleine erscheinen.

Da sehe ich einen Jüngeren am Eingang, der zwar sehr klein ist und wenig Haare auf dem Kopf hat, aber alleine ist. Er wird in meine Richtung gebracht und ich bemühe mich um ein freundliches Lächeln, als er näherkommt. Der Kellner führt ihn allerdings an meinem Tisch vorbei und mein Lächeln kommt mir auf einmal übertrieben und peinlich vor. Ich drehe mich um und schaue dem Gast nach. Er setzt sich an einen Tisch, an dem bereits mehrere Personen sitzen, und wirft mir einen interessierten Blick zu. Schnell wende ich mich wieder ab und sehe am Eingang ein offensichtlich frisch verliebtes Paar stehen, das von einem Mann begleitet wird.

Die Dreiergruppe sehe ich mir genauer an, hauptsächlich deshalb, weil ich mir ihr Verhalten abschauen möchte. Alle drei sehen aus, als wären sie der Serie »Reich & Schön« entsprungen. Die Frau ist brünett wie ich (zumindest heute) und trägt ein rotes Abendkleid. Ihr blonder Freund trägt einen Smoking. Der dazugehörige Mann ist wahrscheinlich etwas älter als das Paar. An seinen Schläfen sind einige graue Strähnen zu sehen, die sich deutlich von seinem dunklen fülligen Haar abheben. Der Mann trägt ebenfalls einen eleganten schwarzen Anzug, allerdings mit Krawatte und mir fällt die Uhr auf, die sündhaft teuer aussieht. Passt auf jeden Fall zu dem Schmuck der Dame im roten Abendkleid, der bestimmt ebenfalls teuer ist.

Der Kellner hat die Gruppe nun erreicht, um sie an ihren Tisch zu bringen und ich sehe mich im Raum um, weil ich nicht mehr viele freie Tische vermute. Gerade als ich feststelle, dass die Frau und der blonde Mann sich an einen Tisch für zwei Personen setzen, höre ich den Kellner fragen: »Tisch 17, Monsieur. Darf ich Ihnen schon etwas bringen?«

Ich sehe auf und blicke in die blau-grauen Augen des zweiten Mannes, der erwartungsvoll neben mir steht. Die Luft zwischen uns scheint für einen Moment zu vibrieren.

»Zwei Gläser Champagner bitte«, sagt der Mann mit samtiger Stimme zu dem Kellner, der sich sofort zurückzieht. Dann wendet er sich mir zu.

»Guten Abend!«

Ich ertappe mich dabei, wie ich den Mann immer noch erstarrt ansehe. Vor lauter Schreck stehe ich auf. Er schmunzelt über diese Geste, reicht mir aber seine Hand.

»Guten Abend«, flüstere ich und muss mich räuspern, weil mir etwas im Hals zu stecken scheint. Das ist also ein Mann, der für die Gesellschaft einer Frau bezahlt? Ich kann es gar nicht glauben. Jemand wie er dürfte doch keine Probleme haben, eine Begleitung zu finden!

»Wollen wir uns nicht setzen?« Was für eine Stimme!

»Natürlich.« Ich lasse endlich seine Hand los.

Er nimmt mir gegenüber Platz und betrachtet mich so intensiv, dass mir ganz heiß wird. »Sie sind also Sophia?«

»Öhm, ja, Sophia, richtig.« Innerlich mahne ich mich zur Ruhe.

»Ich bin Richard, aber Sie können mich auch Rick nennen.«

Leider kann ich nur dämlich lächeln, wie peinlich. Ich hätte doch als Michelle kommen sollen. Er mustert mich immer noch und ich lenke mich ab, indem ich mich im Raum umsehe. Da fällt mir wieder ein, dass mich Doris instruiert hat, meine Aufmerksamkeit ganz dem Kunden zu widmen. Mit dem Gedanken an 230 Euro pro Stunde zwinge ich mich, dem Mann in die Augen zu sehen. Da ist es wieder, dieses elektrisierende Gefühl, das mir durch Mark und Bein geht. Wie ein Fausthieb in die Magengrube fühle ich eine Verbindung zu diesem fremden Mann. Ich bin mit der Situation mehr als überfordert.

Bis der Champagner serviert ist, habe ich nicht ein Wort von mir gegeben und Rick macht auch nicht den Anschein, als wäre er an einem Gespräch interessiert. Er scheint sich damit zu begnügen, mich anzustarren. Es ist eine Erlösung für mich, in die Speisekarte zu sehen. Allerdings nur so lange, bis ich merke, dass alles in Französisch geschrieben ist. Ich bemühe mich, irgendetwas zu verstehen, habe aber letztendlich keine Ahnung, was ich mir bestellen soll. Nach einer Weile legt Rick seine Karte zur Seite und ich mache das Gleiche.

Der Kellner erscheint und wendet sich an mich: »Madame haben gewählt?«

»Ich würde gerne dem Herrn den Vortritt lassen«, sage ich einfach und ernte dafür den erstaunten Blick des Kellners und meines Begleiters.

Rick bestellt. »Wir nehmen eine Flasche Le Pin bitte. Außerdem hätte ich gerne die Bouillabaisse, das *Filet de sandre grillé* und als Nachtisch Crème brûlée.«

»Sehr wohl. Und Sie, Madame?«

»Ich nehme das Gleiche.«

»Sehr wohl.«

Rick fügt hinzu: »Und bitte bringen Sie uns eine Portion *Cuisses de grenouille* zum Probieren.«

»*Cuisses de grenouille,* einmal. Sehr wohl.«

Der Kellner geht weg und Rick sieht mich schon wieder ernst an. Schließlich fragt er: »Sie kennen also Herrn Meyer?«

»Öhm, ja, flüchtig«, gebe ich zu und lüge nicht, da ich ja wirklich einen Herrn Meyer kenne, wenn vielleicht auch nicht gerade den, der Kunde von Doris ist. Jetzt wäre es wohl an mir, etwas zu sagen. Aber mir fällt nichts ein, das heißt fast nichts: »Schräges Wetter heute, was?«

»Wie bitte?«

»Das Wetter war heute überraschend wechselhaft, finden Sie nicht?«

Rick sieht genervt aus. »Sie wollen jetzt mit mir über das Wetter reden?«

»Ja, warum nicht?«

»Das ist wirklich das Letzte«, höre ich Rick murmeln.

Ich sage schnell, als ob ich ein Tonband abspulen würde: »Am Vormittag war es so nebelig, ich dachte schon, der Tag ist gelaufen. Aber dann ist glücklicherweise doch noch die Sonne herausgekommen.«

Er legt seine Serviette zur Seite. »Hören Sie. Wir beenden das jetzt an dieser Stelle, wenn Sie nur über das Wetter sprechen können. Es war eine unglückliche Idee von Herrn Meyer, mich hier mit Ihnen zu verabreden. Auf Wiedersehen.« Und er macht Anstalten, aufzustehen.

»Nein, bitte …« Ich schaue ihn flehend an. »Bitte bleiben Sie. Sie bringen mich in große Schwierigkeiten, wenn Sie jetzt gehen.«

Er setzt sich wieder und die Suppe wird serviert.

»Was ist das?«, frage ich Rick, als der Kellner weg ist.

»Das ist Bouillabaisse.«

Wunderbar, denke ich mir, jetzt bin ich informiert. Ich sehe mir die vielen Dinge an, die da in dieser undefinierbaren Suppe schwimmen. »Sind das Muscheln?«

Rick sieht mich streng an, ohne zu antworten. Es sind Muscheln und ich hasse Muscheln. Konzentriert löffele ich in meiner Suppe herum und versuche, nur die Sachen zu erwischen, die ich essen möchte. Das sind natürlich nicht viele Dinge, da ich Fisch auch nicht besonders gerne mag.

Nachdem ich die Hälfte der Suppe gegessen habe, entschuldige ich mich für einen Moment. Verwirrt stelle ich fest, dass Rick kurz aufsteht, als ich mich vom Tisch erhebe. Das hat noch nie ein Mann in meiner

Gegenwart getan. Ich bin ehrlich überrascht und eile auf die Toilette, wo ich Doris anrufe. Sie meldet sich sofort. »Ela? Wie läuft es?«

»Es ist die Hölle.«

»Sieht er so schlimm aus?«

»Nein, er sieht aus wie ein Filmstar, aber er hasst mich. Er wollte schon gehen – stell dir das vor! – und es würde mich nicht wundern, wenn er jetzt die Flucht ergreift, während ich mit dir rede.«

»Sofort zurück an den Tisch!«

Aber ich muss noch eine Weile jammern. »Hier gibt es nur so komisches Essen. Die Suppe war der reinste Horror und ich kann mir nicht vorstellen, sie jetzt noch zu essen, wenn ich zurück bin.«

»Augen zu und durch. Denk daran, du bist Sophia und du wirst dafür gut bezahlt, diese Suppe zu essen.«

»Ich kann das nicht. Er mag Sophia nicht, jedenfalls mag er nicht die Sophia, die ich bin. Was soll ich mit ihm reden? Mir fällt nichts ein.«

»Solange du nicht über das Wetter redest, kannst du eigentlich nicht viel falsch machen.« Aha!

Erleichtert stelle ich fest, dass meine Suppe bereits verschwunden ist, als ich an den Tisch zurückkehre. Rick ist wider Erwarten noch an seinem Platz und dafür schenke ich ihm ein kleines Lächeln, während ich mich wieder setze.

Der Kellner serviert etwas und ich sage zum Scherz: »Das sieht ja aus wie Froschschenkel!«

Der Kellner teilt mir leise mit: »Das sind Froschschenkel, Madame!«

»Oh.« Augenblicklich bin ich satt. »Ich denke, die überlasse ich Ihnen!« Mit gestreckten Armen und abgewandtem Gesicht schiebe ich den Teller weg.

Rick grinst. Wenigstens hat er keine schlechte Laune mehr! Er isst die beiden Frösche, beziehungsweise deren Schenkel und ich verleibe mir in der Zwischenzeit mehr Wein ein, als mir guttut.

»Sie sollten den Wein genießen!«, höre ich Rick sagen.

»Er schmeckt aber recht lecker.«

»Das kann man für weit über tausend Euro pro Flasche auch erwarten.«

Ich reiße mich zusammen, da mir bewusst ist, dass er meine Reaktion beobachtet. »Wissen Sie, ich finde, es gibt auch billige Weine, die sehr gut schmecken. Vielleicht sogar noch besser als der hier«, plappere ich munter drauf los.

»Sind Sie also eine verkannte Weinkennerin? Ich dachte schon, Sie wären auf dem Gebiet der Wettervorhersage eine Koryphäe.« Endlich scheine ich sein Interesse an einem Gespräch geweckt zu haben.

»Nicht direkt«, gebe ich zu. »Aber jemand wie ich kommt immer wieder in den Genuss, den ein oder anderen Billigwein zu probieren.« Ich denke dabei an die vielen Studentenfeten, auf denen ich bereits war.

»Sie sind die Erste Ihrer ... Art, die behauptet, häufig Billigwein angedreht zu bekommen.«

»Gehen Sie häufiger mit Frauen aus, die zu ... meiner Art gehören?«

»Um ehrlich zu sein: Ja. Immer, wenn ich geschäftlich unterwegs bin, was häufig vorkommt. Dann bin ich froh, dass die Gesellschaft vor Ort gesichert ist.«

Der Kellner räumt den leeren Teller ab, um kurz darauf das Hauptgericht zu servieren. Es handelt sich um Fisch, aber glücklicherweise um das Filetstück, das mir keine Probleme bereitet. Dazu gibt es Kartoffeln und das Essen riecht köstlich.

Rick wünscht mir einen guten Appetit und ich schließe mich seinem Wunsch an.

»Darf ich Sie etwas fragen?«, sage ich mit vollem Mund.

»Aber sicher«, sagt Rick relativ locker.

»Warum buchen Sie sich die Gesellschaft? Jemand wie Sie hat doch sicherlich keine Probleme damit, Frauen kennenzulernen.«

Er sieht mich eine Weile an, bevor er antwortet: »Ich lege Wert auf ein gewisses Niveau. Es geht mir nicht darum, irgendwo irgendeine Frau kennenzulernen. Das ist kompliziert, langwierig und die Art und Weise der Gesellschaft entspricht nicht unbedingt den Erwartungen, die ich habe.«

»Aha.«

»Aber trotzdem vielen Dank für das Kompliment!«

Ich sehe ihn kurz überrascht an und er lächelt. Wow, was für ein Lächeln! Ich bin in seinem Bann gefangen und hoffnungslos verloren.

Rick redet weiter: »Wie ich heute feststellen musste, kann ich mir bei der Vermittlung durch eine Agentur allerdings auch nicht sicher sein, wie der Abend für mich verlaufen wird. Es wundert mich schon etwas, da mein Freund Meyer eigentlich einen eindeutigen Geschmack hat, was Frauen angeht.«

»Aha«, sage ich wieder, bin aber verletzt und sofort ernüchtert. Bleib jetzt bloß Profi, sage ich zu mir selbst. Du stehst das einfach durch und dann siehst du diesen Mann nie wieder.

»Wollen Sie denn gar nicht wissen, welchen Geschmack er hat?«

»Nein, ehrlich gesagt nicht.«

Ricks Augenbrauen schießen in die Höhe. Er geht allerdings nicht weiter auf das Thema ein und nachdem der Hauptgang abgeräumt ist, schweigen wir uns eine Weile an. Ich sehe mir seine Hände an, die vor ihm auf dem Tisch ruhen und da sehe ich ihn, den Ring an seinem Finger. Er folgt meinem Blick und lächelt mich an. »Ja, ich bin verheiratet.«

»Doris, ich bringe dich um.«

»Meine Frau heißt Stefanie«, meint Rick und sieht mich ernst an.

»Doris ist eine Freundin von mir. Aber ich glaube, jetzt ist sie das nicht mehr.«

»Ich verstehe nicht.«

»Ich will eigentlich nicht mit verheirateten Männern ausgehen. Ich wollte das auch nicht, dass mein Mann für ein Schweinegeld mit irgendwelchen anderen Frauen ausgeht«, schimpfe ich vor mich hin und Ricks Augen werden schmal, während er mich mustert.

»Was hat das mit dieser Doris zu tun?«

»Ach, vergessen Sie es einfach. Dieser ganze Abend ist eine einzige Katastrophe.« Ich schüttele traurig den

Kopf und versuche mir darüber klar zu werden, warum es mich so fertigmacht, dass dieser Mann bereits vergeben ist, noch dazu ganz offiziell: Er ist nicht hier, weil er dich mag. Er ist hier, weil er einfach nicht alleine sein will.

»Crème brûlée.«

Der Kellner reißt mich aus meinen Gedanken und als ich die Augen öffne, sehe ich den leckeren Nachtisch vor mir auf dem Tisch. Da hab ich wirklich Lust drauf! Deshalb verdränge ich den Gedanken, dass ich am liebsten sofort gehen würde. Und danach kann ich ja guten Gewissens verschwinden.

Während des Nachtisches wechseln Rick und ich kein einziges Wort mehr miteinander. Ich werde das Gefühl nicht los, dass ich ihn mit meiner letzten Bemerkung beleidigt habe und es eigentlich an mir wäre, mich bei ihm zu entschuldigen. Er ist schließlich mein Kunde. Ich habe kein Recht dazu, den Abend vor ihm als Katastrophe zu bezeichnen. Als der Kellner unsere leeren Dessertschalen abräumt, bittet Rick um die Rechnung. Relativ schnell erhält er einen Zettel, den er nur gegenzeichnet. Wahrscheinlich wohnt er hier im Hotel und bezahlt erst bei der Abreise.

»Na dann«, sagt er und erhebt sich.

Ich stehe ebenfalls auf und er geht vor mir aus dem Lokal. Im Vorraum des Hotels bleibt er stehen und verabschiedet sich kühl von mir: »Eigentlich würde ich ja auf Wiedersehen sagen, aber da der Abend in Ihren Augen eine Katastrophe war, möchte ich nicht so anmaßend sein und das tun. Leben Sie wohl.«

Er hält mir seine Hand hin und ich schüttele ihm diese kurz. »Leben Sie auch wohl«, sage ich leise. Dann kann ich mich nicht mehr zurückhalten und füge hinzu: »Bitte beschweren Sie sich nicht über mich. Es ist heute einfach nicht mein Tag. Es tut mir leid.«

Überrascht zieht Rick die Augenbrauen hoch und nickt. »Schon gut.« Dann dreht er sich um und geht.

Obwohl ich das Gefühl habe, dass er mich an einem unsichtbaren Faden hinter sich herzieht und jeder Schritt, den er tut, mir schmerzhaft im Unterleib zieht, reiße ich mich zusammen und flüchte in den nächsten Waschraum.

Dort ziehe ich mir die Perücke vom Kopf, weil es mich schon seit einiger Zeit unerträglich juckt. Die merkwürdige Glatze, die ich darunter trage, reiße ich auch sofort herunter. Dann stopfe ich das Zeug in meine Handtasche, lockere meine Haare auf, die sich verschwitzt kringeln, und rufe Doris an. »Wenn du mich noch einmal bittest, so etwas für dich zu tun, dann ist das nicht mit einmal Treppendienst getan, das schwöre ich dir.« Meine Hände zittern und meine Stimme auch.

»War es so schlimm?«

»Der ganze Abend war so schlimm, dass ich ihn gebeten habe, sich nicht über mich zu beschweren.«

»Was?«, schreit Doris. »Was hast du denn angestellt?«

»Ich habe gesagt, der Abend sei eine Katastrophe«, erzähle ich ihr und sie ist still. Zu still. »Ich habe mein Bestes gegeben, ehrlich. Aber dieser Job ist einfach nichts für mich. Habe ich aber gleich gesagt.«

»Ich glaube, ich rufe morgen gleich in der Agentur an und beichte.«

»Nein, warte erst einmal ab. Ich habe mich bei ihm entschuldigt. Ich glaube, er ist nicht mehr sauer.«

»Er war sauer?«, winselt Doris.

»Der Abend hat mir jedenfalls deutlich zu verstehen gegeben, dass ich mit meinem Nebenjob als Babysitterin goldrichtig liege«, gebe ich kleinlaut zu.

»Soll ich dir ein Taxi rufen?«

»Nein, die haben hier eine ganz nette Bar. Ich glaube, ich mache es mir dort noch eine Weile gemütlich und beruhige mich.« Die Idee ist mir gerade erst gekommen. Das Zittern in meiner Stimme lässt nach und ich merke, dass Doris ebenfalls ruhiger wird.

»Bestell dir einen Drink auf meine Kosten. Danke, dass du das für mich gemacht hast.«

»Bitte«, murmle ich und lege auf.

Kapitel 3

Ich schüttele meine Haare noch einmal kräftig auf und gehe dann in die mild beleuchtete Bar. Zielstrebig steuere ich auf die Theke zu, an der fast niemand sitzt. Die Tische sind noch gut besetzt, aber das interessiert mich nicht. Ich kehre dem Raum den Rücken zu und widme mich lieber dem freundlichen Mann hinter der Bar, der mich sofort anspricht: »Ist das Ihre Naturhaarfarbe?«

»Ja.« Geschmeichelt lächele ich ihn an und er grinst. »Sieht gut aus.«

»Danke.«

»Wie wäre es mit einem Tequila Sunrise? An den musste ich gerade denken, als ich Sie gesehen habe.«

»Gerne.« Ich sehe ihm dabei zu, wie er den Cocktail mixt. Er macht für mich eine kleine Show und ich merke, wie ich langsam lockerer werde und wieder mehr ich selbst bin. Das merke ich alleine schon daran, dass ich meine verkrampften Schultern endlich locker lassen kann. Als der Barmann den Shaker in die Luft wirft und ihn gekonnt fängt, lache ich fröhlich auf und applaudiere kurz. Nachdem er mir den Drink serviert hat, bleibt er einfach bei mir stehen und da er gerade wenig zu tun hat unterhalten wir uns eine Weile. Er fängt an, mir Witze zu erzählen und ich amüsiere mich königlich. Mir fallen zu meinem eigenen Erstaunen auch Witze ein, die ich zum Besten gebe.

Nach einiger Zeit kehrt die blonde Bedienung hinter die Theke zurück und hat eine Liste mit Bestellungen für den Barkeeper. Er lächelt mich entschuldigend an und macht sich an die Arbeit. Als er fast fertig ist, bemerke ich, wie er einen fragenden Blick hinter mich wirft. »Noch einen Manhattan, bitte!« Als ich die Stimme höre, läuft es mir eiskalt den Rücken hinunter.

Ich drehe mich überrascht um, als sich Rick mit einem fast leeren Glas in der Hand auf den Barhocker neben mir setzt. »Beinahe hätte ich Sie nicht erkannt«, sagt er und lächelt mich an. Bevor ich reagieren kann, fährt er mit einer Hand durch mein Haar und ich registriere, dass der Stoff seines Anzuges gut riecht. »Ich habe Sie jetzt eine ganze Weile beobachtet«, stellt er fest.

Ich kann immer noch nichts sagen und glotze mein Glas an.

»Der Abend war für Sie wirklich nicht angenehm.«

Ich schlucke und nicke.

»Lag es an mir?«, fragt er und als ich ihn endlich ansehe, sieht er mich mit schiefgelegtem Kopf neugierig an.

Ohne nachzudenken sprudle ich hervor: »Nein, Sie sind perfekt.« Und weil er nichts dazu sagt, ergänze ich: »Es lag an mir, ehrlich. Ich habe Ihnen doch gesagt, dass heute nicht mein Tag ist.«

»Jetzt scheint es Ihnen aber besser zu gehen.«

»Naja, der offizielle Teil des Abends ist vorbei.«

Rick lächelt. »Stört es Sie, wenn ich hier sitzenbleibe?«

»Nein, ganz und gar nicht.«

»Ich muss zugeben, dass ich etwas irritiert bin. Mein Freund hat mir berichtet, dass Sie eine erfahrene Begleitung sind. Er nimmt Sie regelmäßig mit in die Oper.«

Weil ich ahne, was jetzt kommt, muss ich schon wieder schlucken.

»Sie kamen mir heute Abend nicht besonders entspannt vor, beinahe schon eher verlegen und schüchtern. Hatten Sie Angst vor mir?«

»Ich glaube, die Umgebung hat mich eingeschüchtert.«

»Sie gehen also regelmäßig mit Herrn Meyer in die Oper und hier lassen Sie sich einschüchtern?«

»Ich bin heute Morgen mit dem falschen Bein aufgestanden. Es tut mir wirklich leid, dass ich Ihnen keine gute Gesellschaft war.«

»Das habe ich nicht behauptet. Ich habe es versucht, Ihnen zu sagen. Die Begleitungen von meinem Freund sind oft eher hochgestochen und können gepflegte Konversation führen. Das war es aber dann auch schon. Sie sind irgendwie … anders.« Er sieht mich so merkwürdig an und mir wird ganz mulmig zumute. Er grinst und kommt mir näher. »Das sollte übrigens ein Kompliment sein.«

Mein Mund verzieht sich zu einem Lächeln. »Oh, also … danke!«

»Darf ich Sie auf einen weiteren Tequila Sunrise einladen?« Ich nicke und der Barkeeper macht sich sofort an die Arbeit.

»Essen Sie die Kirsche gar nicht?«, frage ich mit einem Blick in sein leeres Glas, das neben seinem neuen Manhattan steht.

»Wollen Sie sie?«

»Ja, wenn ich darf?«

Er reicht mir sein Glas und ich nehme mir die Kirsche heraus. Als er mich intensiv dabei beobachtet, wie ich die Kirsche esse, bereue ich es beinahe, ihn gefragt zu haben. »Sie sehen mit Ihren echten Haaren viel schöner aus.«

Ein mulmiges Gefühl konzentriert sich plötzlich auf meinen Unterleib. Was macht der Mann nur mit mir? Ich schüttele den Kopf. »Sie müssen das nicht.«

»Was?«

»Mir Komplimente machen. Das ist nicht nötig. Wir sitzen ganz privat hier.«

»Das ist mir sehr deutlich bewusst«, sagt er leise und lächelt. »Sie brauchen nicht rot zu werden ... Sie sind wunderschön.«

»Dass ein Mann wie Sie das zu mir sagt ...«, beginne ich und gerate dann ins Stocken.

»Ein Mann wie ich?« Der Barkeeper stellt mir meinen neuen Drink hin und ich beschäftige mich mit dem Strohhalm und den Eiswürfeln. Rick fragt einfach noch einmal nach. »Was meinen Sie damit?«

»Kommen Sie schon. Sie wissen doch sicherlich selbst, dass Sie gut aussehen. Sie könnten Schauspieler sein. Für mich sehen Sie besser aus, als der junge Mel Gibson oder Richard Gere.«

Rick stutzt kurz und scheint über meinen Vergleich

nachzudenken, bevor er mit einem schiefen Lächeln gesteht: »In meiner Firma werde ich hinter meinem Rücken Ex-Bond genannt, weil mich einige mit Pierce Brosnan vergleichen.«

»Ja«, sage ich lachend. »Genau, das passt auch. Nur, dass Sie anscheinend lieber Manhattan trinken.«

»Vielleicht liegt das daran, dass ich nicht Bond bin«, sagt er und dann nähert er sich meinem Ohr. »Obwohl ich nicht übel Lust hätte, Sie heute Nacht noch zu vernaschen.«

Die Gänsehaut, die von mir Besitz ergreift, lässt mich meinen Körper ganz merkwürdig spüren. Er geht wieder auf etwas Abstand zu mir und nimmt einen Schluck von seinem Drink, als hätte er nichts zu mir gesagt. Nach einiger Zeit redet er in gemütlichem Plauderton weiter. »Außerdem sehe ich hoffentlich nicht so alt aus wie Richard Gere, Mel Gibson und Pierce Brosnan zusammen.«

»Nein, natürlich nicht«, hauche ich zitterig.

Er wendet sich mir wieder zu. »Wie alt schätzen Sie mich?«

Ich hasse diese Altersratespiele, lasse mich aber spielerisch darauf ein. »Das ist unfair. Ich bin wirklich schlecht in solchen Sachen.«

»Dann fange ich an. Ich sage, Sie sind zwischen 25 und 30.«

»Sie sind anscheinend besser als ich. Sie haben ins Schwarze getroffen.« Über mein genaues Alter lasse ich ihn aber im Unklaren. Es ist ja schon peinlich genug, dass ich noch studiere, obwohl ich natürlich schon einen gewissen beruflichen Weg hinter mir habe. »Also gut, Sie sind zwischen 29 und 34«, presse ich verkrampft hervor.

»Gut. Sie haben auf ewig einen Pluspunkt bei mir.«

»Sind Sie etwa älter?«

»37, um genau zu sein. Und Sie?«

»28.«

Er nickt und kommt mir schon wieder sehr nahe. Ich kann nicht behaupten, dass es mir nicht gefallen würde, im Gegenteil. Ein wohliger Schauer durchfährt mich, als er zart mein Haar vor meinem Ohr entfernt und flüstert: »Bin ich zu alt für Sie?«

»Naja, Sie waren neun Jahre alt, als ich geboren wurde.«

»Sie können also rechnen?«

»Ich bemühe mich.«

Er lacht leise und auf einmal küsst er meine Wange, bevor er wieder in mein Ohr haucht: »Ich möchte wirklich gerne mit dir schlafen.«

Ich schließe die Augen und kann das einfach nicht glauben. So etwas ist mir noch nie passiert und immer, wenn ich so etwas in einem schlechten Liebesroman gelesen habe, dann habe ich mir gedacht: Genau so läuft das im wirklichen Leben eben nicht ab. Anscheinend habe ich mich getäuscht, denn dieser Mann sagt mir klar und deutlich, was er will.

»Sie sind sehr direkt«, bringe ich nur hervor und kann nicht leugnen, dass ich soeben ziemlich scharf geworden bin.

»Ich habe die Erfahrung gemacht, dass alles andere

reine Zeitverschwendung ist«, sagt er sachlich und geht wieder auf Abstand zu mir.

Da schnaufe ich tief ein und bemerke, dass meine Lungen nach Sauerstoff verlangen. »Was ist mit Ihrer Frau?« Diese Frage habe ich jetzt doch nicht wirklich gestellt, oder? Das hört sich ja so an, als würde ich sein Angebot ernsthaft in Betracht ziehen!

Rick sieht seinen Ehering an: »Meine Ehe ist nur eine Fassade. Wir bewohnen seit Jahren getrennte Schlafzimmer. Sie ist nur noch mit mir zusammen, weil ich ihr finanzielle Sicherheit biete und sowieso die meiste Zeit nicht zu Hause bin.«

Genau so eine Erklärung würde sich doch jeder verheiratete Mann aus den Fingern saugen, wenn er eine andere Frau flachlegen will. Andererseits, er hätte den Ring einfach nicht anziehen müssen.

»Warum bleiben Sie bei ihr?«

»Wegen unserer Tochter. Sie ist zehn Jahre alt.«

Ich stehe von meinem Barhocker auf. »Ich sollte jetzt gehen.« Hektisch suche ich in meiner Tasche nach meinem Geld, um mein Getränk zu bezahlen.

Rick steht ebenfalls auf und gibt dem Barkeeper ein Zeichen, bevor er sich mir zuwendet. »Vielleicht wäre es jetzt wirklich das Beste, wenn du gehen würdest.«

Ich halte inne und sehe ihn an. Seine Hände finden mein Gesicht und er sieht mich so voller Leidenschaft an, dass ich aufhöre, in meiner Tasche zu wühlen und einfach nur zurückstarre.

»Bleib heute Nacht bei mir«, höre ich ihn ganz leise brummen. »Ich stelle mir schon den ganzen Abend vor, wie es wäre, dich in mein Bett zu nehmen und seit ich dein Naturhaar gesehen habe, lässt mich dieser Gedanke erst recht nicht mehr los. Du hast es doch auch gespürt, dieses erotische Prickeln zwischen uns.«

Doris, ich bring dich um – aber erst nachdem ich mit diesem Mann geschlafen habe.

»Würden Sie bitte unterschreiben?«, höre ich den Kellner wie aus einer anderen Dimension fragen und als ich ihn irritiert ansehe, lächelt er mich und Rick breit grinsend an.

Während Rick den Beleg unterzeichnet, gehe ich auf Abstand. Er kommt mir einfach entgegen, legt seinen Arm um mich und zieht mich mit. Ich folge ihm willenlos und stelle fest, dass er meine Jacke trägt, die ich wahrscheinlich in der Bar vergessen hätte.

Kapitel 4

Im Aufzug schweigen wir uns an, was vor allem daran liegt, dass ein Liftboy mitfährt. Rick führt mich in sein Hotelzimmer, das relativ groß ist. Er fängt sofort an, meinen Hals und mein Gesicht mit Küssen zu bedecken. Ich bin so aufgeregt, dass meine Atmung sich beschleunigt hat.

Rick murmelt: »Nur, dass das klar ist. Das hat nichts mit unserer geschäftlichen Beziehung zu tun. Wenn du bleibst, dann tust du das als Privatperson. Ich möchte auf keinen Fall, dass du dich zu irgendetwas gedrängt fühlst.«

Ich nicke. Meine Lippen sind ganz trocken und ich klammere mich verkrampft an meine Handtasche.

»Wie kann es sein, dass jemand wie du so unerfahren scheint?«, sagt Rick mit einem Lächeln und nimmt mir die Tasche aus den Händen.

»Ich bin unerfahren«, wispere ich heiser. »Ich habe mit den Kunden keinen Sex. Und die Männer, mit denen ich Sex hatte, die waren nicht gerade so erfahren wie du.«

»Du meinst wohl, so alt wie ich, Süße«, raunt Rick mir zu und ich bemerke erst, dass er aus seinem Jackett geschlüpft ist, als er wieder bei mir ist.

»Ich … du … du darfst keine großen Erwartungen an mich …« Ich verhaspele mich, aber Rick unterbricht mich.

»Ich will dich küssen.«

Sofort schließe ich meine Augen und ich kann sein Lächeln hören, als er sich mir nähert. Sein Kuss übertrifft all meine kühnsten Erwartungen. Er lässt sich Zeit, übt anfangs fast keinen Druck auf meine Lippen aus. Es scheint fast so, als wolle er meine Reaktion abwarten und erst, als ich auf seine leichten Bewegungen einsteige, wird er mutiger. Wir stehen bestimmt über eine Viertelstunde nur da und küssen uns.

Meine Hände trauen sich kaum, ihn zu berühren, aber ich kann mich nicht länger zurückhalten. Vorsichtig suche ich seinen Körper und taste mich über seine Arme und seinen Rücken ganz langsam an seine Krawatte heran. Da ich mich nicht traue, die Augen zu öffnen, hilft er mir schließlich, den Krawattenknoten zu lockern. Ich mache mich an die Hemdknöpfe und, als er aus seinem Hemd schlüpft, riskiere ich einen Blick. Erstaunt vergesse ich, ihn zu küssen, weil er ein schwarzes Tattoo auf der Brust hat.

Er sieht lächelnd an sich hinunter. »Eine Jugendsünde.«

»*Imagine?*«

»Ich bin großer John-Lennon-Fan.«

Nachdenklich betrachte ich den geschwungenen Schriftzug, fahre mit meinen Fingern darüber und küsse die Stelle. Seine Hände begeben sich auf die Suche nach dem Reißverschluss meines Kleides und als er ihn gefunden hat, fährt er ganz langsam mit den Fingerspitzen daran entlang. Er kommt mir nahe, sieht über meine Schultern und hakt den Sicherheitsverschluss auf.

Während er mit der einen Hand langsam den Reißverschluss öffnet, schiebt er mit der anderen bereits den dünnen Träger von meiner linken Schulter. Zärtlich küsst er die Stelle, die eben noch von dem Stoff verdeckt war, und ich zerre sein Hemd über seine Schultern. Er zieht mit einem Ruck den Reißverschluss nach unten und lässt mich kurz los, um sein Hemd abzustreifen.

Meine Aufregung ist in diesem Moment kaum noch zu übertreffen, da ich eine Ahnung habe, was er als Nächstes tun wird. Tatsächlich, seine Hände wandern zu dem anderen Träger meines Kleides, der seinen Platz verlässt, und ich spüre, wie mir das Kleid über die Brüste nach unten rutscht. Er zieht kurz daran, bis es von selbst auf den Boden gleitet.

Ich will mich an ihn pressen, aber er hält mich mit gestreckten Armen auf Distanz. Erstaunt reiße ich die Augen auf und stelle fest, dass er mich von oben bis unten ansieht. Er geht sogar noch einen Schritt zurück und sein Blick, den ich nur als extrem lüstern bezeichnen kann, lässt für keinen Moment von mir ab.

Dann zieht er sich seine Schuhe und Socken aus, während er mich weiterhin betrachtet. Sein Blick bleibt an meinen Brüsten hängen und ich widerstehe dem Drang, mich zu verstecken, indem ich auch aus meinen Schuhen schlüpfe. Rick setzt sich auf sein Bett. »Komm zu mir.«

Ich nehme den kleinen Umweg über meine Tasche und suche nach den Kondomen, die Doris mir eingepackt hat. Dann gehe ich langsam auf Rick zu und er zieht mich rittlings auf seinen Schoß. Mit geübten Bewegungen führt er meine Arme hinter meinen Rücken, hält diese mit einer Hand fest und übt Druck auf meinen Rücken aus. Ob ich will oder nicht, strecke ich ihm meine Brüste entgegen, was er sofort mit einem erregten Brummen kommentiert. Er streichelt meine Taille und jede Stelle meines Oberkörpers. Nur die zarte Haut meiner Brüste spart er aus, immer und immer wieder. Es ist mir egal, wie er sie anstarrt, ganz im Gegenteil: Ich beobachte ihn dabei, wie sein gieriger Blick immer wieder über meine harten Nippel huscht und es bereitet mir unendlich Vergnügen, dass er sich selbst so sehr zurückhalten muss. Immer wieder drückt er meine Arme in meinen Rücken und meine Brüste bäumen sich ihm entgegen. Längst kann ich seinen harten Penis durch seine Hose in meinem feuchten Schritt spüren.

Er treibt das Spiel auf die Spitze, bis ich es nicht mehr aushalte und meinen Kopf in den Nacken werfe. Ich wünsche mir nichts sehnlicher, als dass er endlich meine Brüste berührt.

»Was willst du, Süße?«, flüstert er.

»Fass mich an«, stöhne ich genauso leise.

»Ich fass dich an, die ganze Zeit schon.« Mit diesen Worten quält er mich und lässt seine Hand wieder gekonnt meine Brüste umkreisen, egal wie eindeutig ich sie ihm entgegenstrecke.

»Sag, wo du es willst«, fordert er leise und ich bringe nur ein gehauchtes »Überall« hervor.

»Süße, ich will es hören«, brummt er.

Ich nicke verlegen in Richtung meiner Brüste. »Hier.«

Rick holt mich ganz nah zu sich heran und zischelt in mein Ohr: »Sag es mir, Süße, wie nennst du sie?«

»Meine Brüste, ich will, dass du meine Brüste berührst.« Während ich das sage, spüre ich, wie er mir seinen Penis in den Schritt drückt.

»Du hast wunderschöne Titten«, murmelt er und drückt wieder meine Arme in meinen Rücken. Dieses Mal beginnt er mit seiner freien Hand eine meiner Brüste zu umschließen und ich schreie fast auf, weil es so eine Erlösung ist. Er streichelt meine Brüste intensiv, lässt aber diesmal meine Brustwarzen leiden. Ich ahne, was er hören will und weigere mich, solange wie möglich, es ihm zu sagen. An seinem Gesicht kann ich sehen, dass er bereit ist, ewig auf mich zu warten.

Ich fasse es nicht, dass bereits dieser Teil des Vorspiels besser ist, als jede Art von Sex, die ich jemals hatte.

Rick sieht mir tief in die Augen und raunt: »Sag es mir, Süße, oder ich lasse dich leiden.« Er fährt mit der Fingerspitze um meine Brustwarze herum und ich sehe hin. Er wird sie nicht berühren, wenn ich ihn nicht darum bitte.

»Bitte«, hauche ich und er lächelt leicht. »Streichel sie«, schiebe ich schnell nach, erreiche aber nur, dass er die andere Brustwarze umkreist.

»Meinst du deine steilen Nippel, Süße?« Ich höre seine samtige Stimme und sehe ihn überrascht an.

»Ja.« Ich ernte einen tadelnden Blick und ergebe mich: »Nimm meine Nippel zwischen die Finger.« Beinahe schäme ich mich für meine Worte. Aber Rick leistet meiner Aufforderung Folge, was mich meine Scham sofort vergessen lässt.

»Lass deine Hände hinter dem Rücken«, höre ich ihn brummen und ich tue es gerne, weil er nun mit beiden Händen auf meine Brustwarzen losgeht. Ich bin inzwischen so stimuliert, dass ich mich bereits lüstern kreisend auf seinem Becken bewege.

Er packt mich und schmeißt mich auf den Rücken in sein Bett. Sofort ist er über mir und führt meine Hände nach oben. »Schön liegen lassen!«, fordert er und schiebt mir ein Kissen ins Kreuz, bevor er sich ausgiebig mit meinen Brüsten beschäftigt.

Das Spiel geht irgendwann von vorne los, als er anfängt meinen Oberkörper mit Küssen zu bedecken. Wieder quält er mich und diesmal halte ich es nicht mehr lange aus. »Küss mich, Rick. Küss meine Brüste«, bitte ich ihn schon beinahe erbärmlich.

»Ich werde dich küssen, Süße, überall wo du willst.« Er streichelt und küsst meine Busen, während ich beinahe platze vor lauter Lust. Ich will ihn berühren, aber er dirigiert meine Hände sofort wieder nach oben. »Später, Süße.«

Er liebkost mich eine ganze Weile und ich nehme wie in Trance zur Kenntnis, dass ich mich noch nie so habe fallen lassen, wenn ich mit einem Mann intim war. Vielleicht, weil es mir egal ist, was er von mir denkt oder hält. Deshalb sage ich einfach: »Saug an meinen Nippeln.« Er tut es und ich seufze auf.

Plötzlich spüre ich Ricks Zunge tiefer an meinem Bauchnabel und nun verkrampfe ich mich doch kurz, weil er immer noch tiefer wandert. Er scheint dies zu bemerken und liebkost eine ganze Weile meinen Bauchnabel, während seine Hände mit meinen Brüsten spielen. Irgendwann entspanne ich mich wieder und seine Hände machen sich auf den Weg zu meiner Unterhose. Ich schnaufe laut aus, als er sie ein paar Zentimeter nach unten schiebt und die frei gewordene Stelle mit Küssen bedeckt. Seine Hände fahren seitlich in meine Unterhose und als er zart durch meine Schambehaarung streift, umschlinge ich ihn leidenschaftlich und willig. Er verlässt sofort meinen Intimbereich und rutscht höher, um mich zu küssen.

Seine Zunge erforscht meinen Mundraum. Mein Becken reibt automatisch an seinem Penis und schließlich machen sich meine Hände auf den Weg zu seiner Hose. Er küsst mich und wartet geduldig, bis ich seine Hose geöffnet habe und diese mit meinen Beinen über seinen Hintern streife. Erst dann lässt er von mir ab, um sich seiner Hose zu entledigen. Er sieht mich kurz an, bevor er erneut nach meiner Unterhose greift.

»Bist du überall rothaarig?«, fragt er leise und ich kichere: »Sieh nach.« Er zieht meine Hose ganz langsam nach unten und ich helfe mit, indem ich mein Becken anhebe.

Kurz nachdem er meine Hose weggeschleudert hat, lässt er sich neben mich fallen. Er nimmt meine Hand und führt sie in meinen eigenen Schritt. »Spürst du, wie feucht du bist, Süße?«

Ich will meine Hand wegziehen, aber er schiebt einen Finger an meinem vorbei und fährt an meiner Spalte auf und ab. »Zeig mir, wie es dir gefällt Süße.« Ich ziehe meine Hand unter seiner hervor und lege sie auf seine. »Ja, genau so. Zeig es mir«, haucht er wieder und ich führe seine Hand mit meiner.

Meine Beine spreizen sich und Rick fängt eines meiner Beine zwischen seinen ein. Ich kreise mit meiner Hüfte und führe Ricks Hand immer wieder über meinen Kitzler, wie es mir am angenehmsten ist. »Ich hab es, Süße«, sagt er irgendwann und ich lasse ihn los, während er einfach weitermacht.

»Das gefällt dir also«, stöhnt er und reibt seinen Penis an meinem Bein, während ich mich angespannt winde.

Meine Hand fährt in seine Unterhose und ich stelle zufrieden fest, dass er erregt den Atem einsaugt, als ich seinen harten Schwanz mit meiner Hand umfasse. Mittlerweile habe ich das Gefühl, als wäre ich selbst nicht mehr anwesend. Jegliche Anspannung ist aus meinem Körper entwichen beziehungsweise konzentriert sich auf meinen Unterleib und während ich früher beim Sex oft das Gefühl hatte, ich müsse einem Orgasmus nachjagen, bahnt er sich jetzt wie von selbst an. Mein Mund steht offen und irgendwie kann ich kaum mehr einen klaren Gedanken fassen. Nur den einen, nämlich, ihn so schnell wie möglich aus seiner Unterhose zu befreien. Ich schiebe und zerre an seiner enganliegenden weißen Hose herum.

Er lässt mich kurz los und zieht seine Hose aus. Dann zieht er mit einem Ruck das Bett ein Stück von der Wand und ich setze mich verwundert auf. Er zieht mich auf die Knie und dreht mich zur Wand hin. Während er meine Hände auf das Kopfteil des Bettes führt, höre ich ihn flüstern: »Halte dich hier fest, Süße, und mach die Augen zu.«

Dann knetet er meine Brüste von hinten, während er meinen Hals küsst. Seine rechte Hand fährt mir erregt zwischen die Beine und mit ein paar gezielten Griffen spreizt er meine Beine weit auseinander. Dann spüre ich, wie er kurz das Bett verlässt. Als ich gerade nachsehen will, was er macht, spüre ich, wie er mir seine glänzende Krawatte um die Augen bindet.

»Bleib so«, flüstert er leise und da ich ihn nicht spüren kann, erschrecke ich einen Moment, als ich eine Berührung zwischen meinen Beinen wahrnehme.

Er hat sich auf dem Rücken liegend unter mir durchgeschoben und während ich mich am Kopfteil des Bettes festkralle, spüre ich seine Hände, die meine Oberschenkel noch weiter auseinanderschieben. Seine Zungenspitze berührt mich ganz vorsichtig an meiner empfindlichsten Stelle und mein Kopf fällt ganz entspannt nach hinten. Er ahmt mit seiner Zunge so gezielt die Bewegungen nach, die ich ihm vorhin mit meiner Hand gezeigt habe, dass ich nicht lange brauche, bis ich kurz vor dem Orgasmus stehe. Aber er scheint dies zu bemerken und wartet immer wieder einen Moment, bevor er wieder über den empfindlichsten Punkt meiner Spalte leckt. Seine raue Zunge stimuliert mich fast bis zum Äußersten und ich muss mich beherrschen, mich nicht einfach auf ihn zu setzen, um mir selbst Erleichterung zu verschaffen.

Urplötzlich taucht er unter mir hinweg und wirbelt mich herum. Ich schreie kurz auf, nicht vor Schreck, sondern vor lauter Erregung. Er hilft mir, mich auf das Kopfteil des Bettes zu setzen und drückt mich nach hinten. Der Abstand zur Wand ist gerade so weit, dass ich mich relativ bequem anlehnen kann, während ich mich mit meinen Händen immer noch auf dem Kopfteil abstütze. Meine Beine habe ich erregt aneinander gepresst, weil ich das angenehme Pulsieren so besser spüre. Ich kann hören, wie Rick eine Kondompackung aufreißt und dann spüre ich sein hartes Glied an meinen eng aneinander stehenden Knien.

»Zeig mir deine kleine gierige Möse«, höre ich ihn brummen und da er meine Beine nicht öffnet, tue ich es. Erst, als ich ihm zu zögerlich bin, spüre ich seine Hände zwischen meinen Schenkeln, die meine Beine immer weiter und weiter öffnen. So habe ich mich noch nie vor einem Mann präsentiert.

»Mir läuft das Wasser im Mund zusammen, wenn ich deine süße Muschi sehe«, raunt er mir zu und ich will die Beine zusammenpressen, was er sofort verhindert, weil er sich selbst dazwischen klemmt.

Er öffnet meine Beine wieder, geht auf Abstand und Sekunden später spüre ich erst seine Hände und dann wieder seine Zunge in meiner Spalte. Ich kann nur hilflos stöhnen, während er mich hingebungsvoll kostet und dabei genüsslich knurrt. »Du schmeckst so gut«, sagt er plötzlich, bevor er die Nippel meiner Brüste zwickt und daran saugt.

Er küsst mich auf den Mund und obwohl es mir

bisher immer eher unangenehm war, wenn einer meiner Freunde das bei mir gemacht hatte, nachdem er mit seiner Zunge schon an anderen Stellen in mir war, genieße ich es diesmal, mich selbst zu schmecken.

Rick berührt mich mit seinem Penis und ich reibe mich erwartungsvoll daran. »Sag mir, was du willst, Süße«, fordert er wieder. Ich kann nur stöhnen und er insistiert: »Was soll ich tun?«

»Nimm mich«, keuche ich und ich hätte nie gedacht, dass es mich tatsächlich erregt, wenn ein Mann zu mir sagt: »Soll ich dich ficken?«

»Ja«, stöhne ich.

»Ich glaube, mein Schwanz möchte noch überzeugt werden«, sagt Rick und reibt seinen Penis immer heftiger an meiner Spalte auf und ab.

»Bitte, fick mich«, höre ich mich selbst sagen und auf einmal stößt Rick sein großes Glied mit einem so festen Ruck in mich hinein, dass ich laut aufstöhne.

Seine Hände umklammern meine Hüfte und er presst sich weit in mich hinein, bis ich einen süßen Schmerz tief in meinem Inneren spüre. Er fängt erst nach langer Zeit an, sich in mir zu bewegen. Dafür stößt er so heftig zu, dass ich spüre, wie meine Brüste unter den Schüben wackeln. Rick greift unter meinen Schenkeln durch und hält sich ebenfalls am Kopfteil des Bettes fest. Meine Beine sind so weit gespreizt, dass es mich fast schmerzt. Rick keucht erregt und ich bin auch nicht gerade leise.

»Schrei für mich, Süße. Du machst mich so unglaublich geil«, flüstert Rick zwischen seinen Schüben und ich muss ihm nicht gehorchen, da ich sowieso keine Wahl habe.

Plötzlich zieht er sich aus mir zurück und ich kann nur sein erregtes Keuchen hören. »Geh auf alle viere«, sagt er plötzlich und hilft mir in die Position, die ihm vorschwebt. Er positioniert sich hinter mir und erst nachdem seine Finger sich den Weg gesucht haben, schiebt er mir erneut seinen Penis in den Körper. Wieder umklammert er meine Hüften. Diesmal bewegt er sich allerdings nur leicht kreisend in mir und erst nach einer gefühlten Ewigkeit spüre ich heftigere Stöße, die meine Brüste so heftig schwingen lassen, dass er sie schließlich mit seinen Händen einfängt. Zuletzt packt er mit einer Hand in mein Haar und führt meinen Körper gezielt zu seinen Bewegungen. Aber auch in dieser Position lässt er es nicht zu, dass ich komme. Bevor ich befriedigt bin, hat er sich wieder aus mir zurückgezogen.

Ich falle erschöpft auf den Bauch, da meine Beine bereits zittern. Er legt sich auf mich und ich greife nach hinten an seine Hoden, die steinhart sind und ebenfalls auf Befriedigung warten. Er ist klatschnass von mir, was mir aber nur einen kurzen Moment peinlich ist. Rick küsst meinen Nacken und seine Hände massieren meine Klitoris, während sein Penis auf meinem Po liegt.

Dann will ich mich umdrehen und er lässt es zu, als er meine Bewegung bemerkt. Während er sich auf mich legt, zittere ich vor lauter Erregung und meine Beine öffnen sich ihm bereitwillig. Er nimmt mir die Augenbinde ab und sein Blick, mit dem er mich liebevoll ansieht, jagt mir einen Schauer über den Rücken.

»Sag mir, wenn du so weit bist, Süße. Ich will mit dir kommen«, flüstert er ganz leise und ich nicke.

Er dringt ganz langsam und vorsichtig in mich ein und wir sehen uns dabei in die Augen. Er küsst mich sanft und langsam, während er anfängt, sich in mir zu bewegen. Er hat es genau erfasst, wie er sich bewegen muss, damit er meine Klitoris bei jedem seiner Stöße stimuliert. Und er zieht diese Bewegung ohne Erbarmen durch. Er spreizt meine Beine mit seinen Händen, knabbert an meinen Brustwarzen, packt meinen Po oder fixiert mich mit seinen grau-blauen Augen. Aber er behält diese Bewegung bei und als ich spüre, wie sich ein gewaltiger Orgasmus in mir zusammenbraut, stöhne ich auf.

»Bist du so weit, Süße?«

»Gleich«, höre ich mich antworten und spüre, wie Rick sich anspannt und seine Bewegungen noch intensiver werden. Ich komme mit gewaltigen Zuckungen und erstarre, während ich versuche, meine Beine aneinanderzupressen. Rick muss hart arbeiten, um sich überhaupt noch in mir bewegen zu können. Ich habe allerdings das Gefühl, dass ich ihn mit meinen inneren Zuckungen genug bearbeite. Er keucht angestrengt auf und ich spüre, wie er kommt, während meine letzten Zuckungen ausklingen.

Kurze Zeit später höre ich in dem angrenzenden Badezimmer das Wasser rauschen, weil Rick duscht. Ich liege glücklich und zufrieden in seinem Bett und nachdem meine Gedanken wieder zu dem wunderbaren

Erlebnis abschweifen, das ich eben hatte, spüre ich tatsächlich ein erregtes Ziehen in meinem Unterleib. Ich beschließe einfach, zu Rick unter die Dusche zu gehen und weil mir auf dem Weg aus dem Bett seine Krawatte ins Blickfeld huscht, nehme ich sie mit.

Rick bemerkt mich erst, als ich ihm die Krawatte von hinten um die Augen schlinge. Er lächelt und lässt es zu. Dann nehme ich seine Hände und führe sie an die Wand der Dusche, damit er sich dort abstützen kann. Ich beginne damit, ihn zu streicheln, überall, nur nicht da, wo er es gerne hätte. Immer wieder fahre ich über seinen Bauch, seine Taille, sein Becken und vor allem über seinen Po, aber seinen Penis lasse ich aus. Meine Streicheleinheiten erregen ihn, was mir der Zustand seines Gliedes nach Kurzem beweist. Ich sehe ihn zwar einige Male schwer schlucken, aber er sagt nichts zu mir. Mit einigem Abstand fahre ich seiner Schambehaarung entlang, so knapp, dass er es gerade noch spüren kann.

»Süße!«, knurrt Rick mit tiefer Stimme und ich muss lächeln, was er glücklicherweise nicht sehen kann, weil er ja die Augen verbunden hat.

Ich stelle mich auf die Zehenspitzen, berühre ihn dabei absichtlich mit meinem Busen und frage leise: »Was willst du?«

Er brummt beim Ausschnaufen und ich fahre mit meinen Brüsten an seinem Rücken entlang. »Nimm endlich meinen Schwanz in die Hand«, sagt er und ich greife mit beiden Händen nach seinem Penis, während ich seinen Körper von hinten umschlinge.

»So?« Ich beginne damit, seine Vorhaut auf- und abzuschieben.

»Oh Süße«, höre ich Rick stöhnen und drücke seinen Schwanz noch fester, während ich ihn mit langsamen Bewegungen quäle.

Rick will seine Hände von der Wand lösen, ich sage aber sofort: »Halt, nicht bewegen!«

Er gehorcht mir und ich freue mich darüber. »Soll ich deinen Sack auch festhalten?«, frage ich frech. Er brummt etwas Unverständliches und ich frage noch einmal nach: »Was meintest du?«

»Ja«, sagt er etwas zu laut und ich kichere: »Ich will es hören, Baby.«

»Massiere meine Eier!«, stöhnt er und ich gehe auf die Knie.

Langsam rutsche ich um ihn herum. Das warme Wasser der Dusche läuft über unsere Körper. Meine eine Hand legt sich um seinen Hodensack und während ich diesen vorsichtig knete, drücke ich mit der anderen Hand seinen Penis. Ich sehe nach oben und es macht mich unglaublich an, zu beobachten, wie er sichtbar um seine Beherrschung kämpft. Ich küsse ihn, rund um seinen Penis, immer und immer wieder. »Gefällt dir das, Baby?«

»Ich wünsche mir, dass du meinen Schwanz lutscht.«

»Mmh, gerne.« Obwohl ich das noch nie gemacht habe, fange ich an, sein bestes Stück mit der Zunge zu liebkosen und arbeite mich zur Spitze hoch. Dann tue ich es einfach und nehme ihn in den Mund. Ohne zu überlegen, bewege ich meine Zunge um seine Eichel und sauge zart daran. Er fängt an, sich in mir zu bewegen und ich lasse es zu.

Eine ganze Weile knie ich vor ihm und erst, als ich glaube, dass er kurz davor ist, zu kommen, lasse ich von ihm ab. Er schnauft heftig und ich drehe das Wasser aus.

»Komm zu mir ins Bett«, hauche ich und reiche ihm den Bademantel des Hotels, während ich mich schnell mit einem Handtuch trockenreibe. Ich führe ihn zum Bett und helfe ihm aus dem Bademantel. Dann sorge ich dafür, dass er sich auf den Rücken legt. Die nasse Krawatte klebt immer noch an seinen Augen.

Wir sprechen kein Wort, während ich nach einem weiteren Kondom suche und mich auf ihn setze. Als er nach meiner Hüfte greifen will, führe ich seine Hände neben seinen Kopf.

Nun packe ich das Kondom aus und versuche, es ihm anzuziehen. Nach Kurzem gebe ich jedoch auf: »Ich fürchte, jetzt brauche ich doch deine Hilfe.« Seine Hände finden meine und er führt mich dabei. Während ich verlegen kichere, sehe ich, dass auch seine Lippen ein Lächeln umspielt. Als das Kondom sitzt, legt er seine Hände wieder neben seinen Kopf.

Ich nehme sein Glied in meine Hände und setze mich auf ihn, während ich es mir selbst einführe. Rick keucht auf, wirkt zugleich verkrampft und entspannt. Ich bewege mich auf ihm und immer, wenn er sich in die Bewegung einbringen will, mahne ich ihn zur Ruhe. Schließlich liegt er einfach nur da und ich reite ihn, wie ich noch nie einen Mann geritten habe.

Ich stimuliere mich an ihm bis zum Höhepunkt und als er bemerkt, dass ich bereits gekommen bin, reißt er sich die Krawatte vom Kopf und knurrt: »Du sollst es doch sagen, Süße! Schon vergessen?«

Er wirft mich auf den Rücken, packt meine Beine, die er auf seinen Schultern platziert und nimmt mich so heftig, dass ich nur noch japsen kann. Sein Hoden schlägt bei jedem seiner Stöße an mein Gesäß. Er hat einen beinahe erbarmungslosen Blick aufgesetzt, den ich nur zu gerne auf mir spüre.

»Ja Süße, ich bin noch lange nicht fertig«, höre ich ihn zwischen seinen Schüben keuchen. Er lässt meine Beine von seinen Schultern und zieht mich auf sich, während er sich nach hinten setzt. Eine Weile küssen wir uns, während sein steifer Penis regungslos in mir steckt.

Ich strecke mich nach hinten durch und präsentiere ihm meine Brüste. Die Einladung nimmt er sofort an und ich lasse mich schließlich nach hinten sinken, damit er meine Brüste besser liebkosen kann.

»Süße, dreh dich doch noch einmal auf den Bauch«, schlägt er vor und zieht sich aus mir zurück. Ich tue es und bevor ich mich auf alle viere aufrichten kann, hat er sich bereits auf mich gelegt und es erregt mich ungemein, wie er mich auf die Matratze drückt. Ich bleibe liegen und er gibt mir wieder etwas Luft zum Atmen.

Seine Hand sucht nach dem Kissen und schiebt es mir unter das Becken. Gerade, als ich noch denke, wie das jetzt wohl aussehen mag, wenn sich mein Hintern ihm entgegenstreckt, spüre ich seine Hände auf meinen Pobacken. Er sucht meine Schamlippen teilt sie und dringt in mich, indem er sich wieder auf mich legt. »Süße, ich kann nicht genug von dir bekommen«, stöhnt er nah an meinem Ohr.

Mittlerweile bin ich so erschöpft, dass ich bei jedem seiner Stöße atemlos keuche. Er hat mich inzwischen so weit nach oben geschoben, dass mein Kopf am Ende des Bettes anstößt. Ich muss lachen und er zieht mich ebenfalls lachend mit einem Ruck weiter nach unten.

»Ich kann nicht mehr«, jammere ich halbherzig.

»Süße, es gefällt dir doch, wenn ich dich fertig mache«, raunt er, während er durch meine Worte nur noch mehr angestachelt wirkt.

»Ja«, gebe ich zu und werde durch sein Keuchen zum Durchhalten angespornt. »Ich will, dass du weitermachst.«

Er schafft es tatsächlich, noch einen Zahn zuzulegen. Ich fürchte, dass ich so laut keuche, dass wir die ganze Etage unterhalten, aber das ist mir in diesem Moment egal.

»Spreiz deine Beine für mich«, höre ich ihn stöhnen und als ich versuche, meine Beine noch mehr zu öffnen, kommt er mit dem nächsten Schub und einem unterdrückten Stöhnen so gewaltig, dass ich seine Zuckungen selbst durch das Kondom intensiv spüre. Er fällt auf mir zusammen und vergräbt sich in meinem Haar.

Einige Zeit später liegt Rick neben mir und atmet so gleichmäßig, dass ich davon ausgehen kann, er schläft tief und fest. Ich habe in der Zwischenzeit einen Entschluss gefasst: Das Frühstück wird ohne mich stattfinden. Langsam rappele ich mich aus dem Bett auf und suche im Halbdunkel meine Sachen zusammen. Während ich mich anziehe, bestärke ich mich innerlich bei meinem Entschluss. Er ist verheiratet, hat eine Tochter. Er ist hier auf Geschäftsreise. Wer weiß, wo er wohnt. Er hatte sich eine Begleitung gebucht und ist nicht an mir interessiert. Ich war eine nette Bekanntschaft für eine Nacht, mehr nicht.

Leider können mich all meine Argumente nicht davon überzeugen, ohne schlechtes Gewissen zu gehen, weil ich ihn wirklich mag. Außerdem hatte ich eben mit diesem fremden Mann mein bestes Sexerlebnis überhaupt. Dennoch, es handelt sich hier auch um meinen ersten One-Night-Stand und der ist hiermit beendet. Was war bloß in mich gefahren? Ich muss von allen guten Geistern verlassen gewesen sein!

Mein Blick fällt auf die feuchte, azurblaue Krawatte, die vor dem Bett am Boden liegt. Kurzerhand stopfe ich sie in meine Handtasche. Ein bisschen schäbig fühle ich mich schon, weil ich eine Art Souvenir mitnehme, wie ein Serienkiller. Aber diese Krawatte ist mit dieser Nacht einfach in meinen Besitz übergegangen. Das wird er schon verstehen. Bevor ich mich aus dem Zimmer schleiche, betrachte ich noch einmal sein Gesicht, seine geschlossenen Augen mit den langen Wimpern, für die jede Frau töten würde. Er sieht so entspannt und zufrieden aus, denke ich mir noch. Er sieht so gut aus, viel zu gut für mich. Dann gehe ich zur Rezeption und lasse mir ein Taxi rufen.

Kapitel 5

Wann bist du nach Hause gekommen?«, platzt Doris in meine Wohnung, nachdem sie mich mit einem Klopftornado an der Tür aus der Dusche geholt hat.

»Vor zwei Stunden.« Mein Blick klebt an dem riesigen Herpes, der sich tatsächlich noch übler als erwartet entwickelt hat.

»Bist du in der Hotelbar versumpft?«

»So ungefähr«, wiegele ich ab und ergänze: »Ich habe jetzt eigentlich keine Zeit. Ich muss sehen, dass ich es zu meiner Vorlesung schaffe.«

»Schon klar.« Da sieht Doris ihre Perücke auf meinem Tisch liegen. »Was hast du mit meinen Haaren gemacht?«

»Das Ding hat wie verrückt gejuckt. Ich hatte es in der Handtasche.«

Doris hält die Perücke fassungslos vor sich in die Luft. »Das gibt es doch nicht. Das ist eine Echthaarperücke! Hast du eine Ahnung, was die gekostet hat?«

»Du behältst einfach das Geld von dem Auftrag. Ich will es nicht.«

»Bist du sicher?«

»Ja, ganz sicher!«

»Danke«, schnurrt Doris und zieht mit ihrer Perücke und den anderen Utensilien ab.

Einige Zeit später schlendere ich zusammen mit

einigen Mitstudenten über den Gang der Uni. Ich wie immer in lockeren Jeans und Sweatshirt, meine Studienkollegen meist so gestylt, als befänden sie sich bereits auf dem Weg zu einem Vorstellungsgespräch.

»Meinst du, der Prof hat sich unsere Hausarbeit schon angesehen?«, fragt Bernd und ich zucke mit den Schultern, während Jürgen grinst: »Der hockt doch ständig in irgendwelchen Opern. Wann sollte der die denn korrigieren?«

»Ist doch auch egal«, sage ich einfach und meine Studienfreundin Domenika schielt mich von der Seite an: »Bist heute wohl nicht ganz ausgeschlafen?«

»Kann sein.«

Domenika ergänzt: »Hast bestimmt gleich genügend Gelegenheit, dich auszuruhen. Heute ist doch dieser Gastredner da.«

»Stimmt!«

»Jep, der Prof hat das ja letzte Woche angekündigt. Hat irgendetwas von herausragendem Beispiel aus der Praxis erwähnt«, höre ich Bernd hinter mir zu Jürgen sagen.

Wir erreichen den Hörsaal und als ich eintreten will, zupft mich Domenika am Ärmel: »Aber hallo. Das wird doch nicht der Dozent von heute sein?«

Ich drehe mich um und sehe unseren Professor zusammen mit einem schicken Mann im dunklen Anzug den Gang entlang kommen.

»Scheiße!«, entfährt es mir.

»Scheiße, ja!«, ruft Domenika begeistert.

Eigentlich will ich den Hörsaal gar nicht mehr betreten, werde aber von den anderen Studenten hineingedrängt. Sofort schiebe ich mich in eine der letzten Reihen und verschanze mich hinter einer großen Person. Meine Kapuze ziehe ich kurzerhand über mein rotes Haar und mache mich ganz klein, als Professor Meyer zusammen mit Rick den Hörsaal betritt.

Domenika, die sich neben mich setzt, himmelt ihn immer noch an: »Der sieht aber mal wirklich gut aus!«

Ich wühle in meiner Tasche und tue so, als würde ich mein Schlampermäppchen suchen. Bernd, der sich über meine Kapuze über dem Kopf wundert, setzt sich hinter mich zu Jürgen, der an meiner Kopfbedeckung zupft.

»Hey, lass das«, schimpfe ich ihn leise und er grinst: »Hast wirklich wenig geschlafen, was?«

Ich strecke ihm die Zunge heraus und schiele zwischen den Studenten vor mir zu Rick, der sich mit dem Prof unterhält. Wir warten noch eine ganze Weile, bis der Hörsaal gefüllt ist. Dann kehrt allmählich Ruhe ein und Professor Meyer sagt: »Für diejenigen, die heute das erste Mal hier sind ...« – einige Studenten lachen – »... willkommen in der Vorlesung Unternehmensführung II. Mein Name ist Meyer.« Wieder erklingt leises Gekicher. »Ich habe mir Ihre Hausarbeiten angesehen und muss sagen, da sind einige vielversprechende Ansätze dabei gewesen, aber dazu später. Ich habe Ihnen schon letzte Woche angekündigt, dass wir heute einen externen Dozenten hören werden, der uns von seiner Arbeit als Manager berichten wird. Sie sollten die theoretischen Grundlagen bereits ausreichend verinnerlicht haben, um heute zu erfahren, wie sich die Arbeit eines Managers im realen Leben gestaltet. Meine Damen und Herren, darf ich Ihnen meinen Freund Richard Beckmann vorstellen.«

Ich versinke auf meinem Platz und kann meine Augen nicht von Rick nehmen. Die Bilder, die vor meinem geistigen Auge ablaufen, lassen offensichtlich mein Gesicht Bände sprechen, da Domenika neben mir ebenfalls aufschnauft und flüstert: »Ja, der Hammer!«

Als Rick mit seinem Vortrag beginnt, klinke ich mich aus. Ich kann zwar seine Stimme hören, bilde mir aber ein, er raunt mir Dinge ins Ohr, die hier völlig fehl am Platz sind, und mir fällt zu allem Überfluss ein, was ich alles zu ihm gesagt habe. Bei Tageslicht betrachtet klingen meine eigenen Worte völlig hirnrissig, geradezu lachhaft. Wie peinlich!

Ich bekomme nur teilweise mit, dass Rick jetzt als Unternehmensberater selbstständig ist, davor aber als Manager für ein großes Unternehmen gearbeitet hat. Er berichtet von seinem Arbeitsalltag während dieser Zeit und meine Ohren sind auf einmal hellwach, als er etwas von seiner Frau berichtet: »Geben Sie sich keinen Illusionen hin. Die meisten Frauen von Managern fühlen sich wie alleinerziehende Mütter, mit dem Unterschied, dass sie über grenzenlose finanzielle Mittel verfügen.«

Einige Studenten lachen über die Bemerkung, die wohl auch lustig gemeint war, da Rick lächelt, bevor er ergänzt: »Aber für genauere Informationen müssen *Sie* mit meiner Frau sprechen, persönlich, da mir dazu die Zeit fehlt.«

Ich verliere mich schon wieder in den Erinnerungen an die vergangene Nacht, als Domenika mich plötzlich in die Seite boxt. Ich schaue nach vorne und bemerke, dass Rick sein Jackett ausgezogen hat. Als er uns den Rücken zuwendet, sagt sie: »Das ist vielleicht ein Hintern!«

Genau in diesem Moment beendet Rick seinen Satz und Domenika hat ihre Begeisterung einen Tick zu laut losgelassen. Um uns herum herrscht eine gewisse Unruhe und Rick wirft einen amüsierten Blick in unsere Richtung. Domenika lächelt ihn verkrampft an und sagt »Ups«, während ich versuche, mit meinem Vordermann zu verschmelzen.

Den Rest von Ricks Ausführungen beschäftigt mich der Gedanke, wie ich schnellstmöglich den Hörsaal verlassen kann.

»Ich habe die wichtigsten Details meines Vortrages für Sie zusammengefasst«, erklärt Rick plötzlich und geht zur ersten Reihe, um dort einen Stapel Papiere durchzugeben. Dann geht er zur zweiten Reihe und gibt dem Ersten wieder einen Stapel und so weiter. Domenika sitzt auf dem äußersten Platz meiner Reihe. Er wird doch nicht bis zu uns nach oben kommen, oder? Ich ziehe die Kapuze noch weiter über mein Gesicht und als Rick näher und näher kommt, vergrabe ich mich schon wieder in meiner Tasche, um planlos darin zu wühlen. In der Zwischenzeit bedankt sich Professor Meyer bei Rick. Die Studenten um mich herum klopfen auf die Tische. Rick steht inzwischen genau neben Domenika und gibt ihr ein paar Blätter. Dann fragt er sie: »Bezog sich Ihre Feststellung vorhin auf meinen Hintern?«

»Ehrlich gesagt … ja.«

»Freut mich, dass er Ihnen gefällt.«

Mir gefriert das Blut in den Adern, als er Domenika fragt: »Ist mit Ihrer Nachbarin alles in Ordnung?«

»Ela? Ja, glaube schon.«

Ich tue so, als hätte ich einen Anruf auf dem Handy erhalten, indem ich es mir ans Ohr halte und mich dabei so weit wie möglich von Rick und Domenika wegdrehe.

»Merkwürdig!«, höre ich Rick noch sagen und Domenika boxt mich in die Seite. »Gib mal die Blätter weiter.«

Ich greife ganz verkrampft nach dem Papier, nehme mir mit schweißnassen Händen ein Blatt und gebe den Rest meinem Nachbarn, der mich mittlerweile auch schon besorgt ansieht: »Bist du auf irgendwelchen Drogen, oder was?«

»Nein«, wispere ich zurück, »aber mir geht es nicht so gut.«

»Kotz mich ja nicht voll!«, warnt mich mein Nachbar.

Ich entspanne mich etwas, als Rick endlich wieder unten im Hörsaal angekommen ist. Rick erkundigt sich noch, ob es Fragen gebe.

Als niemand etwas wissen will, ergreift unser Prof das Wort: »So, dann komme ich zu dem Thema Hausarbeit. Sie hatten die Aufgabe, anhand einer konkreten Problemstellung aus der Unternehmenspraxis unmittelbare Implikationen für das strategische und operative Marketing-Management zu entwickeln. Die Ausgangslage war einfach. Es ging um ein herstellendes Unternehmen, das durch steigende Krankenstände sowie eine sinkende Qualität der Arbeit auffiel. Ihre Aufgabe war, sich intensiv mit verschiedenen Möglichkeiten auseinanderzusetzen. Ich muss sagen, Sie alle haben sich viele Gedanken gemacht und ich bin mit den Ergebnissen aller zufrieden. Einige von Ihnen haben sich aber besonders intensiv Gedanken gemacht und deshalb habe ich zusammen mit Richard beschlossen, Ihnen die Chance zu geben, in seiner Firma eine Woche ein Praktikum zu absolvieren, das Ihnen als Praxismodul anerkannt wird. Besonders gut haben mir folgende Vorschläge gefallen, wenn ich die kurz zitieren darf: Mitarbeiterbefragung, Schwachstellenanalyse in Mitarbeiter-Workshops, Foto- und Videoaufnahmen der Handlungsabläufe.«

Ich werde blass, da ich zwei der genannten Punkte in meiner Arbeit so ähnlich erwähnt habe.

»Die Namen der drei Studenten, die ich bitte, hier nach vorne zu kommen: Thomas Biller, Diana Amberg und Raffaela Winkler.«

Domenika sieht mich mit großen Augen an. Ich packe meine Sachen und sage nur: »Kannst du mich bitte entschuldigen? Mir ist schleckt ... öhm ... schlecht.«

Dann verschwinde ich auf dem schnellstmöglichen Weg aus dem Hörsaal, während ich mich innerlich dafür verfluche. Denn Doris hat mir bei der Arbeit mit der psychologischen Sicht auf die Mitarbeiter der Firma geholfen und im Gespräch mit ihr bin ich auf die Ideen gekommen. Ich hätte kaum zu hoffen gewagt, dadurch einen Praktikumsplatz zu ergattern. Aber nun? Ich muss diese Gelegenheit in den Wind schlagen, weil ich mit diesem Traummann Geschlechtsverkehr hatte, völlig hemmungslos und irgendwie tierisch.

Während ich auf die Toilette flüchte, schüttele ich den Kopf. Ich gebe sofort mein Studium auf. Eine bessere Lösung fällt mir nicht ein. Oder ich bitte den Prof, einen anderen Teilnehmer zu finden. Die letzte Möglichkeit, die mir bleibt, lässt mich hart schlucken: Ich stelle mich der Tatsache, dass es so ist, wie es ist, und nehme diese Chance war, nach der sich jeder andere Student die Finger lecken würde. Der Mann hat bei mir ganz andere Dinge geleckt. Denk mal nach, Raffaela! Er wird genauso peinlich berührt sein wie du.

Aber ich bin diejenige, die ein schlechtes Gewissen hat, weil ich einfach abgehauen bin. Das hätte ich nicht tun sollen.

Das Vibrieren meines Telefons holt mich aus meinen Gedanken. Domenika will wissen, ob es mir besser geht.

»Naja.«

»Der Prof und dieser Beckmann haben ganz schön blöd geschaut, als du aus dem Hörsaal geflüchtet bist, als wäre der Teufel hinter dir her«, erzählt sie.

»Kann ich mir vorstellen.«

»Ich hab mit dem Prof geredet. Er sagt, du sollst in seine Sprechstunde kommen oder bei ihm anrufen, wenn es dir besser geht.«

»Okay, ich danke dir, Domenika.«

Kapitel 6

Einige Tage später sitze ich bei Professor Meyer im Büro und er sieht mich etwas verwundert an. »Frau Winkler, Sie machen ja nicht gerade den Anschein, als würden Sie sich über diese einmalige Gelegenheit freuen.«

»Doch, schon«, gebe ich mit wenig Begeisterung von mir.

»Wie dem auch sei, Sie sollten sich möglichst bald bei Herrn Beckmann melden beziehungsweise bei seiner Sekretärin. Ich habe Ihnen die Telefonnummer auf die Unterlagen geschrieben. Und warten Sie nicht zu lange! Die anderen beiden schnappen Ihnen sonst die besten Plätze weg, wenn Herr Beckmann davon ausgeht, dass Sie kein Interesse haben. Die vorlesungsfreie Zeit steht vor der Tür.«

Ich lächele. »Professor Meyer, Sie kennen Herrn Beckmann privat?«

»Ja?«

»Ist er in Ordnung?«

Der Prof lacht auf und sieht mich freundlich an: »Ja, Frau Winkler, er ist in Ordnung.«

Zuhause rufe ich die angegebene Nummer an. Eine sympathische Frauenstimme meldet sich. »Richard Beckmann Group. Sie sprechen mit Frau Erhard.«

»Hallo, mein Name ist Raffaela Winkler. Ich bin

Studentin bei Professor Meyer …«

»Ach ja, wie schön, dass Sie sich melden. Ich verbinde Sie, einen Moment bitte.«

»Halt, warten Sie …« kann ich gerade noch wispern, da meldet er sich bereits mit einem knappen »Beckmann.«

So eine verkackte Hühnerscheiße! »Hallo?«, fragt er noch einmal nach und ich räuspere mich: »Hallo, Raffaela Winkler hier, ich …«

»Ich weiß, wer Sie sind. Geht es Ihnen wieder besser?«, sagt er in ruhigem Ton und ich muss mich dazu zwingen, nicht in den Hörer zu stöhnen.

»Ja.«

»Das heißt, ich kann in der übernächsten Woche mit Ihrer Teilnahme an dem Praktikum rechnen?«

»Ja«, presse ich erneut hervor und mache mir insgeheim über die Teilnahme an einer Sexorgie der besonderen Art Gedanken.

»Ich freue mich schon darauf, Sie kennenzulernen, nachdem Sie sich in der Vorlesung so konsequent unter Ihrer Kapuze versteckt haben.«

Da bekomme ich große Augen. »Sie erinnern sich daran?«

»Natürlich«, bestätigt er trocken. »Sie sollten wissen, dass der Bekleidungsstil in diesem Unternehmen etwas gehobener ist. Sie verstehen?«

»Öhm, ja«, brumme ich verlegen und denke an Thomas Biller und Diana Amberg, die sicherlich einen besseren ersten Eindruck als ich hinterlassen haben.

»Sind Sie noch dran?«, fragt er leicht belustigt.

»Eigentlich nicht«, scherze ich und höre ihn lachen. Oh Mann, sein Lachen klingt so anziehend. Ich muss von allen guten Geistern verlassen sein, wenn ich da wirklich hingehe. Er wird mich schließlich erkennen, wenn ich dort erscheine und dann kommt dieser Anruf erst so richtig bescheuert rüber.

»Herr Beckmann?«

»Frau Winkler?«, sagt er in freundlichem Ton, dass ich beinahe meine, er flirtet mit mir.

»Ich bin …«, beginne ich, werde aber sofort unterbrochen.

»Ein Anruf in der zweiten Leitung. Den habe ich schon erwartet. Ich verbinde Sie mit meiner Sekretärin, bitte geben Sie ihr Ihre Adresse für weitere Informationen durch. Auf Wiedersehen.«

»Äh.« Die Melodie der Warteschleife lässt mich lächeln. Es ist ein Song von John Lennon.

Am Nachmittag überfalle ich Doris in ihrer Wohnung. »Ich brauche Klamotten, Doris. Kannst du mir nicht deine Sophia-Edition leihen?«

»Steigst du jetzt auch ins Geschäft ein? Es ist gut, dass du da bist. Ich muss dir etwas geben.«

»Ich brauche die Sachen für mein Praktikum bei einer Firma, die Unternehmen berät.«

»Ich brauche meine Sophia-Sachen allerdings selbst. Dennoch solltest du noch einmal darüber nachdenken, ob du nicht doch als Hostess arbeiten willst.« Doris lächelt mich verschwörerisch an und gibt mir einen Umschlag mit einigen Hundert-Euro-Scheinen darin.

»Was ist das?«

»Ich habe mir eine neue Perücke gekauft und das ist der Rest. Davon kannst du dir deine Sachen selbst kaufen, die du brauchst.«

»Ich dachte, 230 Euro die Stunde …«

»Er war wohl doch sehr zufrieden mit deiner Gesellschaft. Er hat tausend Euro gezahlt«, höre ich Doris sagen und mir klappt der Mund auf. Einerseits, weil ich diesen Betrag absolut übertrieben finde, andererseits, weil ich das Gefühl nicht loswerde, dass er mir nun doch meine sexuelle Gesellschaft vergütet hat. Er hält mich für eine Nutte.

»Ich kann das Geld nicht nehmen.«

»Klar, mach dir keine Gedanken! Ich will es mit Sicherheit nicht. Gib es aus, dann ist es weg.«

Ich sehe es als einen Wink des Schicksals, dass ich mich nun mit seinem Geld für ein Praktikum in seiner Firma einkleiden werde.

Einige Tage später bekomme ich per Post nähere Informationen über das Unternehmen und am Sonntag mache ich mich auf den Weg zu der angegebenen Adresse. Das Unternehmen ist tatsächlich über hundert Kilometer von meinem Zuhause weg, weshalb er darum gebeten hat, dass wir am Sonntag anreisen, um am Montagmorgen pünktlich mit der Arbeit beginnen zu können. Thomas, Diana und ich haben ein Reihenhaus, das sich im Firmenbesitz befindet, für uns alleine. Es gibt in jedem der drei Stockwerke eine Wohnung. Da ich als Letzte in dem Haus ankomme, bleibt für mich nur noch die kleine Wohnung im zweiten Stock, die leider über keine eigene Küche verfügt. Diana und Thomas sind bereits dabei, sich für das Abendessen fertig zu machen.

»Wo geht ihr hin?«, frage ich.

»Wir sind alle bei Richard Beckmann privat zum Essen eingeladen«, erklärt Diana und ich reagiere sofort: »Na dann, viel Spaß.«

Ich kann unmöglich zu ihm nach Hause gehen. Am Ende treffe ich da noch auf seine Frau. Ich kann das nicht.

»Du bist auch eingeladen«, sagt Thomas, aber ich flehe: »Bitte entschuldigt mich einfach. Ich muss jetzt noch auspacken und dann möchte ich früh ins Bett gehen.«

»Meinst du nicht, dass das ziemlich unhöflich beim Beckmann ankommt?«, meint Diana. »Aber du musst es ja wissen.«

»Ja, ich glaube, es ist besser, wenn ich nicht mitgehe.« Dann ziehe ich mich in meine Wohnung zurück und höre noch, wie Diana Thomas zuraunt: »Die ist vielleicht bescheuert. Selbst schuld.«

Mitten in der Nacht klingelt mein Telefon. Beinahe befürchte ich schon, dass Rick mich anruft, um sich über mein Fehlen zu beschweren, aber es ist Doris.

Mit einem müden Ja melde ich mich und sie poltert sofort los. »Hast du mir nichts zu sagen?«

»Doris? Alles klar?«

»Nichts ist klar. Rate mal, mit wem ich heute Abend in der Oper war?«

Oh. Oh. Ich stelle mich dumm. »Ich weiß nicht?«

»Mit meinem lieben Kunden, der dir damals den Auftrag vermittelt hat.«

»Das war dein Auftrag, Doris! Ich habe dir einen Gefallen getan«, berichtige ich sie.

Sie kreischt beinahe: »Du hast mit ihm geschlafen, Ela! Weißt du, wie ich jetzt vor meinem Kunden dastehe?«

»Du hast mir doch selbst die Kondome eingepackt.«

»Mann, das sollte ein Scherz sein, weil du ja immer meinst, ich sei eine Prostituierte.«

Scheiße. Ich schließe meine Augen und sage nichts mehr. »Was hat dein Kunde erzählt?«, wispere ich nach einer Weile.

»Was soll ich sagen? Dein Date hat nur erwähnt, er hätte sich im Bett gut mit dir amüsiert. Jetzt wird mir schon klar, warum das Trinkgeld so üppig ausgefallen ist. Und endlich weiß ich auch, warum du in letzter Zeit so merkwürdig bist.«

Naja, sie hat zwar Recht, aber den ganzen Umfang meiner Misere kennt sie nicht. Ich überlege kurz, ob ich sie einweihen soll, lasse es dann aber doch. »Es tut mir leid, dass dein Kunde jetzt von dir enttäuscht ist«, sage ich.

»Das hättest du dir überlegen können, bevor du mit dem Kerl schläfst. Hat es sich wenigstens gelohnt?«

Ich antworte ihr nicht, weil ich nicht davon ausgehe, dass sie tatsächlich eine Antwort will. Nach einer Weile brummt Doris: »Das mit dem Rollenspiel und einmal eine andere Person sein, hättest du dir nicht so zu Herzen nehmen müssen.«

»Es ist passiert. Ich kann es nicht mehr ändern.«

»Du brauchst dir jedenfalls keine Sorgen mehr zu machen, dass ich dich noch einmal um so einen Gefallen bitte«, meint Doris und ich reagiere patzig: »Da bin ich aber froh.«

In diesem Moment höre ich, dass Diana und Thomas zurückkommen. Draußen fährt ein Auto ab. »Doris, ich muss jetzt schlafen. Morgen fängt mein Praktikum an«, entschuldige ich mich und sie seufzt versöhnlich: »Alles Gute. Lass dich nicht unterkriegen.«

»Du auch nicht«, sage ich leise und lege auf.

Kapitel 7

*R*affaela?« Thomas stutzt am nächsten Morgen, nachdem ich an seine Wohnungstür geklopft habe. Ich sehe tatsächlich verändert aus. Keine Jeans, kein weites Oberteil, sondern eine beige Satinhose mit einer ziemlich anliegenden weißen Bluse. Meine Haare habe ich zu einem Zopf gebändigt, der locker geflochten seitlich auf meiner Schulter liegt.

»Ich bin es«, lächele ich Thomas an und er lässt mich in seine Wohnung, in der wir zu dritt frühstücken. Thomas trägt einen grauen Anzug und Diana mit ihren dunkelblonden, langen Haaren hat sich für ein schwarzes Kostüm entschieden. Beim Frühstück sage ich wenig, weil ich neugierig bin, was Thomas und Diana über das gemeinsame Essen mit Rick und seiner Familie berichten.

»Du bist wirklich vermisst worden. Herr Beckmann wollte schon nach oben kommen, um dich persönlich einzuladen«, berichtet Diana und Thomas fügt hinzu: »Ich habe ihm gesagt, dass du erschöpft bist.« Ich lächele ihm dankbar zu und er sieht mich freundlich an.

Diana berichtet weiter: »Er hat ein riesiges Haus, beinahe eine Villa. Unglaublich, dass er dort nur mit seiner Frau und seiner Tochter wohnt.«

Ich halte mich mit Fragen zurück und werde belohnt, weil Diana von selbst weiterredet: »Thomas, wie hast du die Frau gefunden?«

»Hübsch«, sagt Thomas nur.

Diana rollt mit den Augen. »Unglaublich dürr die Frau, wirkte fast ausgemergelt und sah sogar etwas älter als er aus, finde ich. Glücklich hat die für mich nicht ausgesehen.«

»Er hat doch selbst in der Vorlesung gesagt, dass die Ehe unter dem Beruf leidet«, sagt Thomas. Nach einer Weile ergänzt er: »Aber seine Tochter Marie ist wirklich ein ganz nettes Mädchen, sehr interessiert und aufgeschlossen.« Diana nickt zustimmend.

Dann grinst Thomas sie an. »Diana, erzähl Raffaela etwas über Richard Beckmann.« Sie boxt ihn in die Seite. Da sie sich weigert, etwas zu sagen, petzt Thomas: »Sie hat mir gestern Nacht noch eine Stunde lang von dem Mann vorgeschwärmt.«

Ich werfe Thomas einen ungläubigen Blick zu und Diana wird leicht rot.

Thomas fragt: »Wie findest du ihn?«

»Öhm, naja, schwer zu sagen ...« Ich winde mich und Diana platzt dazwischen: »Komm schon, Raffaela. Er ist einfach dermaßen gutaussehend. So etwas gehört eigentlich verboten. Natürlich ist es ihm bewusst und ich wette, er flirtet gerne. Vor seiner Frau hat er sich natürlich zurückgehalten, aber er war immer noch sehr charmant und aufmerksam.«

»Du kannst ihn die ganze Woche über anflirten. Ich wette, er hat kein Interesse an dir«, sagt Thomas und versucht, mich als Unterstützung ins Gespräch einzubeziehen.

»Warum nicht?«, fragt Diana allen Ernstes, bevor

ich etwas sagen kann.

»Weil du eine Praktikantin bist. Er wäre wirklich dümmer, als er aussieht, wenn er mit einer Studentin etwas anfängt«, erklärt Thomas. »Außerdem, er hat dich zwar immer höflich angelächelt, wenn du mit deinen Wimpern geklimpert hast. Aber eigentlich kam es mir so vor, als wäre er mit seinen Gedanken ganz woanders.«

Diana verschränkt beleidigt die Arme und ich werde das Gefühl nicht los, dass Thomas etwas für sie übrig hat. »Naja, vielleicht bei seinen Geschäften«, mault Diana und ich sage: »Oder bei einer anderen Frau?«

»Niemals!«, behauptet Diana spontan und ich lache schadenfroh, weil sie tatsächlich glaubt, dass Rick nur auf sie warten würde. Dabei bin ich ein ganz armes Würmchen. Ich kann mir nicht vorstellen, dass er auf mich wartet, oder? Ich bin eine Nutte, über die er sogar noch mit seinem Bekannten gesprochen hat. Wie peinlich!

»Wir müssen los«, sagt Thomas und ich stehe auf, um ihm beim Aufräumen zu helfen.

Das kurze Stück zur Firma können wir zu Fuß gehen. Die Richard Beckmann Group hat eine ganze Etage eines großen Gebäudes angemietet und aus den Unterlagen weiß ich, dass er mehr als 30 Angestellte hat. Dies erlaubt es der Consulting-Firma, auch große Unternehmen zu beraten. Erst im Aufzug sagt Thomas zu mir: »Ach ja, du sollst dich bitte direkt an das Sekretariat von Herrn Beckmann wenden. Diana und ich wissen schon, wo wir hinmüssen.«

»Okay.« Ich bin auf einmal höllisch aufgeregt.

»Grüße Herrn Beckmann von mir«, sagt Diana mit einem vielsagenden Augenaufschlag. Thomas seufzt sieht übertrieben gequält zur Seite.

Wir verlassen gemeinsam den Aufzug. Thomas und Diana eilen sofort in verschiedene Richtungen davon. Ich sehe eine Empfangstheke hinter einer Milchglasschiebetür, die automatisch zur Seite gleitet, und frage dort nach der Sekretärin von Richard Beckmann.

Dann gehe ich durch einen langen Gang, bis ich vor der vorletzten Tür auf einem Schild den Namen Susanne Erhard lese. Ich klopfe an die offene Tür und sehe einen Schreibtisch und dahinter eine junge Frau. Ihre Haare sehen fast so aus wie meine, sind aber schwarz.

»Sie sind bestimmt Frau Winkler?« Die Frau steht auf, um mir entgegenzugehen. Ich betrete den Raum und sehe, dass er teilweise nur durch eine verglaste Wand von dem Büro nebenan getrennt ist. Und da sitzt jemand in einem bequemen Schreibtischsessel – glücklicherweise mit dem Rücken zu mir.

»Herzlich willkommen! Kommen Sie doch herein!« Frau Erhard reicht mir die Hand und zieht mich weiter in ihr Zimmer. Ich lasse den Sessel im Nebenzimmer nicht aus den Augen.

Lächelnd geht Frau Erhard hinter ihren Schreibtisch zurück und drückt auf einen Knopf an ihrem Telefon. Ich sehe, dass nebenan ein Arm aus dem Sessel herausgestreckt wird und ebenfalls einen Knopf am Telefon drückt.

»Ja?« Aus Frau Erhards Telefon ertönt Ricks Stimme.

»Frau Winkler ist jetzt da«, sagt sie fröhlich und da dreht sich der Sessel ganz langsam zu mir um.

»Ich bin sofort da«, höre ich Rick antworten und er betätigt erneut den Knopf an seinem Telefon, während der Sessel sich immer noch wie in Zeitlupe dreht. Ich kann den Moment nicht länger aufschieben. Obwohl ich natürlich lieber wegsehen oder – noch besser – einfach aus dem Zimmer rennen würde, warte ich geduldig, bis Rick mich anschaut. Er ist in ein Telefonat vertieft und es dauert noch ein paar quälende Sekunden.

Doch dann ... Ich erkenne genau den Moment, in dem ihm klar wird, wer ich bin. Dennoch hat er sich gut im Griff, beendet aber relativ zügig das Gespräch. Er steht von seinem Sessel auf, greift nach seinem Jackett, das er auf die Lehne gehängt hat und während er die Knöpfe schließt, macht er sich auf den Weg zu mir.

»Sie brauchen nicht nervös zu sein. Er ist ein ganz Netter«, sagt Frau Erhard und schon geht die Tür zu ihrem Zimmer auf.

»Frau Winkler?«, fragt Rick und sieht mich teilnahmslos an.

»Ja«, wispere ich und er bleibt in seiner offenen Tür stehen. Erst, als er in sein Büro deutet, setze ich mich in Bewegung. Er wartet, bis ich an ihm vorbeigegangen bin und schließt die Tür hinter mir.

Dann reicht er mir kurz die Hand: »Beckmann. Aber das wissen Sie ja schon von der Vorlesung. Bitte setzen Sie sich doch.« Er geht zu seinem Schreibtisch und nimmt dort Platz, während ich zu einem der Stühle schleiche, die in der Nähe des Schreibtisches stehen.

Geduldig wartet er. Bis ich endlich sitze und ihm ins Gesicht sehe, hat er mich schon eine ganze Weile gemustert. Er befasst sich nun mit einem Stapel Papier, das vor ihm auf dem Tisch liegt.

»Ihre Arbeit, die Sie bei Professor Meyer abgegeben haben, hat mich wirklich beeindruckt. Haben Sie die selbst geschrieben?«

»Ja, natürlich!«

Er sieht sich die Blätter noch eine Weile durch, bevor er den Stapel hochkant auf den Tisch klopft, um ihn dann wieder ordentlich vor sich abzulegen. »Raffaela Winkler also. Ist das Ihr richtiger Name?«

»Ja!«

Er nickt und sieht mich wieder intensiv an. Ich muss einfach zurückstarren und wieder mogeln sich eine ganze Reihe unpassender Erinnerungen in meinen Verstand.

»Rick …«, flüstere ich leise, aber er wird laut: »Eigentlich wollte ich Sie direkt bei mir hospitieren lassen, aber ich denke, in Anbetracht der Umstände ist das keine gute Idee. Ich werde einen meiner Mitarbeiter bitten, sich um Sie zu kümmern.«

Ich nicke und hauche ein kleinlautes Ja.

»Und für Sie bin ich weder Rick noch Richard, verstanden?«

Herrisch greift Rick nach seinem Telefon. Während ich ihn immer noch fassungslos anstarre, ruft er ins Telefon: »Paul? Sei doch so nett und komm mal schnell in mein Büro. Ich habe einen kleinen Überfall auf dich vor. Danke dir.«

Als er aufgelegt hat, sagt er: »Paul ist mein bester Mann. Bei ihm sind Sie in guten Händen.«

»Danke.« Und ergänze um einen kräftigen Tonfall bemüht: »Ich soll Sie von Diana Amberg grüßen.«

Rick nickt und sieht mich mit schiefgelegtem Kopf eine Weile schweigend an. Zu gerne wüsste ich, was in diesem Kopf vorgeht, aber er lässt mich nicht teilhaben.

Als ein blonder großer Mann im Büro von Frau Erhard erscheint, sagt Rick nur: »Würden Sie bitte einen Moment draußen warten?«

Ich stehe auf und drehe Rick den Rücken zu, während er noch sagt: »Die Welt ist manchmal kleiner als uns guttut. Lassen Sie uns das Beste daraus machen!«

Kurz sehe ich ihn an und verlasse sein Büro, während der Blonde mit einem Nicken an mir vorbeigeht. Ich bleibe bei Frau Erhard stehen und beobachte das Gespräch zwischen Rick und Paul, das nicht lange dauert. Immer wieder werfen mir die beiden Männer Blicke zu und ich hoffe inständig, dass Rick nicht zu sehr ins Detail geht.

Schließlich kommt Paul wieder aus Ricks Büro und lächelnd auf mich zu. Seine Hand ergreife ich gerne, während er sagt: »Ich bin Paul. Wie es aussieht, hat sich der Chef wieder zu viel Arbeit aufgehalst. Sie werden mich für den Rest der Woche an der Backe haben.«

Ich freue mich, weil er so frech grinst, und sage nur: »Ich bin Raffaela, aber Sie können mich auch Ela nennen.«

»Sehr gerne.«

Wir verschwinden in einen Teil der Etage, der sehr

weit weg von Ricks Büro ist. Es geht mir tatsächlich etwas besser und weil Paul so sympathisch ist, fühle ich mich bei ihm gut aufgehoben. Er nimmt mich mit in sein Büro und redet mehr zu sich selbst: »Mal sehen. Da ich gar nicht mit Ihnen gerechnet habe, muss ich jetzt erst einmal überlegen, was ich mit Ihnen mache. Ehrlich gesagt, ich habe keine eigene Assistentin und momentan wäre mir sehr mit einem Kaffee geholfen. Danach könnten Sie einen riesigen Stapel Kopien für mich erledigen.«

»Geht klar.«

Ich mache mich auf die Suche nach einer Kaffeemaschine, die ich auf dem Gang finde. Paul freut sich so über den Kaffee, dass meine Laune noch besser wird. Es ist ihm unangenehm, weil er mich an den Kopierer schickt, aber ich sage nur: »Solange Sie mich nicht die ganze Woche an dem Ding beschäftigen ...«

Er grinst und ruft mir nach: »Bitte keinen Papierstau verursachen, sonst lasse ich Sie nie wieder an das Gerät.«

»Danke für den Tipp.«

Als ich die fertigen Kopien zu Paul zurückbringe, steht er von seinem Schreibtisch auf: »Sie sind mir schon jetzt unersetzlich. Ich konnte die Zeit, die Sie mir gespart haben, wunderbar nutzen. Zur Belohnung trage ich die Kopien jetzt mit Ihnen zusammen aus und stelle Sie in den einzelnen Büros vor.«

Gesagt, getan. Paul ist so ein lockerer Typ, dass er in jedem Büro, das wir betreten, freundlich empfangen wird. Ich treffe sogar Diana und Thomas an, die getrennt voneinander arbeiten.

Am Nachmittag fahre ich mit Paul zu einem Außentermin in einer Firma, die eventuell Interesse an einem externen Consulting hat und lausche gebannt Pauls Ausführungen. Er ist ein exzellenter Redner und hat mich sofort für seine Firma eingenommen. Ich würde ihn sofort engagieren und der Vorstandsvorsitzende des Betriebes nimmt meine Begeisterung mit einem Lächeln hin: »Wie es scheint, haben Sie sogar in den eigenen Reihen einen Fan, Herr Graf.«

Ich grinse und Paul lacht entspannt auf: »Die Dame studiert noch und hat heute ihren ersten Praktikumstag bei uns.«

Der Vorsitzende lächelt mich eine Weile an und sagt dann: »Danke, Herr Graf. Wir werden uns beraten, aber ich denke, dass Sie bald eine positive Rückmeldung von uns bekommen werden.«

Als wir auf dem Parkplatz ankommen, legt mir Paul kurz freundschaftlich den Arm um die Schultern und sagt: »Sie bringen mir Glück.«

Zurück im Büro, klingelt Pauls Telefon und ich nehme mit einer gewissen Freude zur Kenntnis, dass er mit seiner Freundin telefoniert. Er schwärmt ihr allerdings schon von mir vor und ich glaube, er muss sich deswegen einen Rüffel abholen.

Plötzlich kommt Frau Erhard herein. »Frau Winkler? Herr Beckmann möchte Sie gerne sprechen«, sagt sie und geht wieder.

Paul spricht immer noch mit seiner Freundin und hält die Sprechmuschel zu: »Gehen Sie nur. Es ist fast Feierabend. Wir sehen uns morgen.«

Mit klopfendem Herzen gehe ich zu Frau Erhard und sehe zu meiner Beruhigung auch Thomas und Diana bei Rick im Büro sitzen. Die Tür steht offen und ich höre Diana schnurren: »Vielleicht könnten Sie mich einfach einen Tag bei sich mitlaufen lassen. Es würde mich schon interessieren, was Sie als Chef dieser Firma alles zu erledigen haben.«

Rick erspart sich die Antwort, weil er mich erspäht hat: »Schön, dass Sie es geschafft haben, Frau Winkler. Ich habe Sie alle hierhergebeten, um sozusagen druckfrisch Ihre ersten Eindrücke einzufangen.«

Es ist kein Stuhl mehr für mich frei, weshalb Rick einfach von seinem Schreibtischstuhl aufsteht und sagt: »Setzen Sie sich hierhin.«

Während er sich seitlich auf seinem Schreibtisch niederlässt, gehe ich um ihn herum. Es fühlt sich merkwürdig an, auf seinem Platz zu sitzen. Das gerahmte Bild zeigt nur seine Tochter. Von seiner Frau fehlt jede Spur.

»Sie waren mit Paul bei Rockfeld?«, fragt er mich.

»Ja.«

»Was haben Sie für einen Eindruck gewonnen?«

»Paul ist wirklich ein kompetenter Mitarbeiter. Er hat mich überzeugt und ich denke, dass Rockfeld angebissen hat.«

»Morgen werden wir wissen, ob Sie sich auf Ihr Gefühl verlassen können«, sagt Rick in einem merkwürdigen Tonfall und sieht mich intensiv an.

Die lockere Stimmung im Raum ist auf einmal einer Spannung gewichen, deren Ursache ich alleine auf

Ricks veränderte Stimmlage zurückführe. Und dieser Blick, mit dem er mich immer noch fixiert, lässt meinen Atem hektisch werden.

»Gefällt es Ihnen in meinem Sessel?«, fragt er und ich sehe aus dem Augenwinkel, wie Diana unruhig auf ihrem Stuhl herumrutscht.

»Öhm, ja, sehr bequem«, wispere ich und versuche zu lächeln, obwohl ich nicht weiß, ob er mich hier gerade vor den anderen anmacht.

Plötzlich sagt er in lockerem Plauderton: »Herr Biller, Sie sind noch gar nicht zu Wort gekommen.«

Während Thomas irgendetwas von einer Personalumstrukturierung berichtet, an der er sich mit Ideen beteiligen durfte, steht Rick vom Schreibtisch auf und geht im Raum umher. Er stellt gezielt Zwischenfragen und lässt Thomas und Diana noch ein paar Sätze sagen. Dabei habe ich aber die ganze Zeit das Gefühl, dass er mich aus jedem erdenklichen Eck des Raumes neu taxiert. Mir wird ganz flau im Magen, als er schließlich genau hinter mir stehenbleibt und seine Arme auf der hohen Lehne seines Stuhles abstützt. »Vielen Dank für Ihren ersten Erfahrungsbericht. Wir sehen uns morgen früh in alter Frische.«

Als ich aufstehen will, drückt er mich mit den Händen zurück in den Sessel. »Sie hätte ich gerne noch einen kurzen Moment gesprochen, wegen der Rockfeld-Sache.«

Diana und Thomas verlassen das Büro und Rick sagt noch: »Sie brauchen nicht auf sie zu warten. Ich denke, Frau Winkler findet den Weg zurück.«

Nervös sehe ich mich um, aber von Frau Erhard ist auch keine Spur mehr zu sehen. Rick schließt seine Bürotür, sperrt zu meinem Entsetzen ab und dreht an den Lamellen der Jalousien. »Weißt du, was ich mich den ganzen Tag schon frage?«, beginnt er.

Ich sehe ihn mit großen Augen an, als er auf mich zukommt. »Wie viele Krawatten hast du schon in deiner Sammlung?«

»Ich …«

»Halt, ich will es gar nicht wissen. Es war eine rein rhetorische Frage, die mich zu meinem eigentlichen Problem bringt.« Ich warte ab, weil er sich schon wieder hinter mir in Position bringt. »Ich kann mich den ganzen Tag nicht auf meine Arbeit konzentrieren, weil du hier bist, Süße. Es ist ein Jammer, dass eine Schlampe wie du mich dermaßen um den Verstand bringt.«

Da stehe ich auf, weil ich die Flucht ergreifen will, aber er hat dies wohl erwartet und schiebt den Stuhl von mir weg, während er mich gleichzeitig bäuchlings auf seinen Schreibtisch drückt. Sofort presst er sich von hinten an mich. Wie erstarrt wage ich es nicht, mich zu bewegen. Aber es macht mich ziemlich an, seinen harten Penis an meinem Gesäß zu spüren. Seine Hände fahren über meinen Rücken: »Wie viel willst du?«

Jetzt bin ich nicht mehr erregt.

»Sag es mir, Süße. Für wie viel lässt du dich von jedem dahergelaufenen Kerl vögeln?«

Da wird mir klar, dass er mit mir spielt.

»Lass mich!«, fauche ich und will ihn von mir wegschieben, aber er packt mich an der Hüfte und reibt

seinen Penis weiterhin an meiner Hose. Für mich gibt
es nur die Flucht nach vorne. Ich klettere über seinen
Schreibtisch, wobei ich die Hälfte seiner Unterlagen
mit mir zu Boden reiße. Hektisch renne ich zur Bürotür und drehe den Schlüssel herum. Während ich mich
so schnell wie möglich davonmache, höre ich ihn hinter
mir her fluchen.

Während Diana an diesem Abend mit Thomas
noch um die Häuser zieht, verbringe ich die Zeit vor
dem Fernseher und schlottere am ganzen Körper. Es ist
wie eine Art Schockzustand, der sich erst löst, als ich
beinahe einschlafe.

Kapitel 8

*G*uten Morgen!« Ich begrüße Paul am nächsten Tag mit einer Tasse Kaffee, die er mir sofort erfreut abnimmt.

»Sie schlafen nicht besonders, oder?«, fragt er.

»Sieht man mir das an?«

»Nein, nein, gar nicht«, behauptet er gespielt und bringt mich damit zum Lachen.

Paul lässt mich den ganzen Vormittag an seinem nächsten Projekt teilhaben. Es geht darum, einen Familienbetrieb neu zu organisieren. Bis zum Nachmittag sind wir intensiv mit dem Projekt befasst. Ich sitze gerade vor seinem PC, während Paul mir von hinten über die Schulter sieht.

Genau in diesem Moment kommt Rick ins Büro. »Na, ihr zwei. Wie ich sehe, versteht ihr euch prima.« Sein knurrender Unterton ist nicht zu überhören.

»Klar«, sagt Paul irritiert, geht aber auf Abstand zu mir.

Rick überreicht Paul einen Umschlag: »Wir haben Rockfeld. Das sind die Verträge.«

»Ja!« Paul stößt vor Freude eine Faust in die Luft.

Rick wirft mir einen kurzen Blick zu und sagt dann zu Paul: »Amüsiere dich gut mit ihr, aber pass auf, dass es nicht zu teuer für dich wird.«

Rick geht und ich kann es nicht glauben, was er eben gesagt hat.

»Was sollte das denn?«, sagt Paul mit einem schiefen Grinsen, während er Rick nachdeutet.

»Würden Sie mich einen Moment entschuldigen?«, sage ich mehr, als dass ich frage, und gehe hinter Rick her.

»Herr Beckmann!«, rufe ich laut durch den Gang und Rick dreht sich nur kurz zu mir um. »Kann ich Sie bitte einen Moment sprechen.«

»Kurz, ich bin in Eile.« Er geht zu der Kaffeemaschine, um sich eine Tasse einzuschenken.

»Was soll das?«, fahre ich ihn im Flüsterton an.

»Was?«

»Du weißt genau, was ich meine.«

»Paul ist in einer glücklichen Beziehung«, sagt er nur ganz leise und ich werde laut: »Spinnst du?«

Er zerrt mich in einen kleinen Raum, eine Art Büromateriallager und drückt sich von innen an die Tür, während er mich nicht aus den Augen lässt. »Pass auf, wie du mit mir sprichst«, zischt er.

»Dasselbe könnte ich doch auch von dir fordern.« Verzweifelt zucke ich mit den Schultern. Er verschränkt die Arme und macht keine Anstalten, mir den Weg freizugeben. »Bitte Rick. Was habe ich dir getan?«

»Das fragst du noch? Tut mir leid, aber wenn du das nicht selbst kapierst, dann brauchen wir nicht weiter darüber zu reden«, sagt er und geht aus dem Raum.

Ich bleibe einfach in dem Abstellraum sitzen und weil ich weiß, dass bald Feierabend ist, beschließe ich, solange zu warten, bis alle anderen weg sind. Meine Tränen kann ich nicht länger zurückhalten. Schluchzend sitze ich auf dem Boden des Kabuffs und versuche, mich möglichst leise zu verhalten. Irgendwann geht die Tür auf und eine Frau, die mir stark nach Putzservice aussieht, erschrickt bei meinem Anblick. Glücklicherweise verlässt sie den Raum sofort wieder.

Als ich aufstehe und mir gerade das Gesicht trockenwische, kehrt sie zurück. Damit habe ich nicht gerechnet. Und das Beste, sie kommt nicht alleine: Paul folgt ihr und als er mich sieht, zieht er mich sofort aus dem Raum in den Gang. »Raffaela? Um Gottes Willen. Weinen Sie?«

»Nein«, lüge ich und wische mir schniefend über die Wangen.

Er belächelt meinen schlechten Versuch, mich aus der Affäre zu ziehen und fragt: »Warum weinen Sie? Ist Ihr Praktikum bei mir so schrecklich?« Sein Gesichtsausdruck bringt mich beinahe zum Lachen.

»Nein, es ist nicht das Praktikum. Es geht mir in letzter Zeit einfach nicht so besonders.«

»Sie wollen nicht darüber reden.« Paul gibt der Putzfrau ein Zeichen und sie entfernt sich von uns.

»Ich kann nicht darüber reden.«

»Es hat etwas mit Rick zu tun, nicht wahr?«

Mein schockierter Gesichtsausdruck ist für ihn mehr als genug Bestätigung.

»Keine Sorge. Sie brauchen nichts zu sagen. Aber selbst ein Blinder sieht, wie die Luft zwischen euch knistert. Kommen Sie, ich bringe Sie in Ihre Wohnung.«

Am nächsten Morgen betritt Rick Pauls Büro. »Frau Erhard hat mich gerade darüber informiert, dass deine Praktikantin sich für heute krank gemeldet hat.«

Er hat sich bereits wieder umgedreht, als Paul sagt: »Das wundert mich nicht.«

Rick bleibt stehen und sieht sich erwartungsvoll zu Paul um: »Willst du mir etwas damit sagen, Paul?«

»Richtig, ich will dir damit sagen, dass eine Frau vom Putzservice gestern Abend meine Praktikantin, die übrigens Raffaela heißt, völlig aufgelöst in unserem Büromaterialraum gefunden hat.« Paul lässt seine Worte kurz wirken und fährt dann fort: »Ich war zufällig noch da, weil ich die Rockfeld-Verträge durchgesehen habe.«

»Hat sie etwas gesagt?«

»Nein Rick, aber bevor sie dort gefunden wurde, wollte sie mit dir sprechen. Weißt du was, ich gehe jetzt und sehe nach ihr«, sagt Paul und nimmt sein Jackett vom Stuhl.

»Lass gut sein, Paul. Ich gehe selbst«, murmelt Rick und Paul sieht ihm nachdenklich nach.

Ich liege im Bett. Diana und Thomas haben mir sofort geglaubt, dass ich krank bin, als sie mein blasses Gesicht kurz durch den Türspalt zu sehen bekamen. Während ich mich selbst bemitleide, kann ich zumindest stolz auf mich sein, weil ich selbst bei Frau Erhard angerufen habe, um mich für heute zu entschuldigen. Und das, obwohl Thomas sofort angeboten hat, dies für mich zu tun!

Als ich fast wieder unter meiner Bettdecke eingedöst bin, höre ich Ricks scharfe Stimme, zumindest glaube ich, sie zu hören, was ja nicht sein kann, weil er nicht da ist. Aber da höre ich ihn noch einmal, ganz deutlich. »Steh auf.«

Ich ziehe die Decke vom Kopf und blinzele verblüfft die Gestalt an, die in meinem Schlafzimmer steht.

»Raus aus dem Bett«, faucht Rick und greift nach meiner Decke.

»Ich bin krank.«

Verkrampft kralle ich mich an der Decke fest.

»Du bist nicht krank«, brüllt er und reißt mir die Decke weg.

Ich springe auf, weil ich mich – nur mit Unterhose und Top bekleidet – stehend wohler fühle als liegend. »Mir geht es aber scheiße.«

Er starrt mich an. Nach einer Ewigkeit, in der er mich von oben bis unten mustert, sagt er völlig kraftlos: »Süße.« Die Decke in seinen Händen fällt auf den Boden. Er eilt mit großen Schritten auf mich zu und ich nehme eine Abwehrhaltung ein, weil ich mich vor ihm fürchte. Aber er schlingt seine Arme um mich und das Nächste, was ich spüre, sind seine Küsse, überall auf meinem Gesicht und letztendlich auf meinem Mund. Ich wehre mich nicht gegen ihn, weil ich sein Begehren sehr gut nachvollziehen kann. Nach einiger Zeit lösen sich seine Lippen von mir und er raunt mir ins Ohr: »Noch eine Nacht, Süße! Ich will noch einmal so mit dir schlafen wie neulich.«

»Ja«, antworte ich, weil ich es will. Weil ich ihn will.

Er lässt mich los, geht rückwärts aus dem Schlafzimmer. »Zieh dich an, Raffaela, und komm in die Arbeit.«

Ich nicke und er lächelt mich an, bevor er sagt: »Wir sollten uns nicht im selben Zimmer aufhalten, zumindest nicht in der Arbeit.«

Ich lächele, weil ich genau weiß, was er meint. Die explosive Stimmung, wenn wir uns alleine in einem Raum befinden, ist also nicht nur für mich zu spüren.

Für die grüne Bluse zu einem weiten schwarzen Rock entscheide ich mich, weil sie meine Haarfarbe gut zur Geltung bringt und außerdem den Ton meiner Augen perfekt ergänzt.

Paul freut sich, dass ich erscheine, und obwohl ich immer noch etwas blass um die Nasenspitze bin, merke ich selbst, dass es mir besser geht. Wir arbeiten wieder an der Präsentation für den Familienbetrieb, der neu zu strukturieren ist, und am Nachmittag findet eine Besprechung mit mehreren Kollegen statt. Paul schickt mich noch einmal zum Kopierer und als ich verspätet den Besprechungsraum betrete, sind alle anderen Kollegen bereits da. Paul hat mir einen Platz freigehalten. Er sitzt neben Rick, der mein Erscheinen mit einem intensiven Blickkontakt würdigt. Augenblicklich werde ich unsicher und spüre das Herz so in meiner Brust hüpfen, dass ich befürchte, meine Bluse könnte an der Stelle verräterische Bewegungen machen. Ich verteile die Kopien und als ich an Rick vorbeigehe, flüstert er: »Schöner Rock, Frau Winkler.«

»Danke.«

Paul wirft mir einen nachdenklichen Blick zu und ich setze mich neben ihn. Den ganzen Vortrag über kann ich mich nicht auf Pauls Worte konzentrieren. Obwohl ich mich dagegen wehre, muss ich immer wieder zu Rick sehen. Wenn er dies spürt, schwenkt sein Blick sofort zu mir, auch wenn er Pauls Ausführungen zu folgen scheint. Am liebsten würde ich mich auf ihn stürzen und ihm seine Kleidung vom Körper reißen.

»... Raffaela hier hatte auch einen ganz interessanten Ansatz, den ich gerne der Geschäftsleitung der Zimmermann GmbH noch vorschlagen würde.«

»Und der wäre?«, fragt Rick mich.

»Öhm, das wäre auf dem letzten Bett ... öhm Blatt, das ist die Seite ... sechs.« Ich gerate so ins Stocken, dass Paul mir aus der Patsche hilft und die Angelegenheit weiter erläutert, während ich über meinen schrecklichen Versprecher nachdenke.

»Das hört sich doch ganz gut an. Nimmst du Frau Winkler mit in den Betrieb?«, fragt Rick und Paul sieht mich an: »Ja natürlich. Morgen Nachmittag fahren wir.«

»Es ist nämlich so«, sagt Rick. »Meine Frau hat am Sonntagabend alle Praktikanten zum Essen eingeladen und weil Frau Winkler leider keine Zeit hatte, will sie sie gerne morgen Abend einladen.«

Ich schicke einen ungläubigen Blick zu Rick, der unbeirrt weiterspricht: »Würdest du Frau Winkler nach dem Termin bei mir zuhause vorbeibringen? Das liegt doch auf dem Weg.«

»Klar, mach ich gerne«, sagt Paul und die Besprechung ist beendet.

Erst dann wendet sich Rick an mich: »Sie haben hoffentlich nichts dagegen. Meine Frau ist eine gute Köchin und es steht kein Fischgericht auf dem Speiseplan.«

»Ich freue mich«, presse ich so gequält hervor, dass Rick mich bittet: »Bleiben Sie bitte noch einen Moment sitzen.«

Alle verlassen den Raum und Paul schließt die Tür. Da seufze ich: »Rick, ich kann das nicht machen.«

»Ich habe versucht, es ihr auszureden. Aber sie hat sich so darauf versteift, dass es langsam merkwürdig geworden wäre, wenn ich mich weiter dagegen gewehrt hätte.«

»Dann sag ihr, dass ich keine Zeit habe.«

»Ich versuche es«, brummt Rick und ich stehe auf. »Dein Rock macht mich wirklich wahnsinnig.«

»Gefällt er dir nicht?«

Er lacht leise: »Doch, sehr. Aber noch mehr gefällt mir die Vorstellung, einfach unter den Rock zu greifen.«

Ich sammele die übriggebliebenen Papiere ein, um sie mit zu Paul zu nehmen: »Komm heute Abend bei mir im Büro vorbei, dann habe ich mit meiner Frau telefoniert.«

»Okay.«

Paul und ich arbeiten noch relativ lange an der Präsentation seiner Vorschläge für den morgigen Termin und als ich mich schließlich auf den Weg zu Ricks Büro mache, ist weit und breit niemand mehr zu sehen. Ricks Bürotür steht offen und als er sieht, wie ich vorsichtig den Kopf in sein Büro strecke, winkt er mich sofort herein. »Schließ die Tür, Süße.«

Mir wird ganz flau im Magen wie immer, wenn er mich so nennt. Ich mache die Tür zu und als er die nächsten Worte sagt, wird mir noch mulmiger. »Schließ sie ganz.« Ich drehe den Schlüssel herum und stelle fest, dass die Lamellen der Jalousie bereits blickdicht verschlossen sind.

»Komm zu mir«, raunt er fast unhörbar. Er sitzt völlig entspannt in seinem Sessel, sodass mir meine verkrampfte Körperhaltung erst richtig bewusst wird. Langsam dreht er seinen Stuhl zur Seite und sieht mich erwartungsvoll an. Ich gehe zu ihm hinter den Schreibtisch und sofort vergräbt er seinen Kopf in meiner grünen Bluse. Während er tief Luft holt, fahre ich durch sein volles Haar. Seine Hände halten meine Taille.

»Setz dich zu mir«, brummt er schließlich und zieht mich auf seinen Schoß wie ein kleines Mädchen. Er fährt sich selbst durchs Haar, weil ich es ihm durcheinandergebracht habe. »Ich konnte meine Frau auf Freitagmittag vertrösten. Ich habe ihr gesagt, ich hätte Donnerstagabend noch einen Geschäftstermin.«

»Ich fühle mich ganz und gar nicht wohl bei dem Gedanken.«

»Ich auch nicht, aber ich möchte trotzdem mit dir schlafen. Morgen Abend.« Nach einer kurzen Pause fügt er hinzu: »Ich bin ein miserabler Ehemann.«

»Ich will auch mit dir schlafen. Aber ich will keine böse Geliebte sein, die eine Familie zerstört«, hauche ich.

Rick befördert mich mit einer schwunghaften Bewegung auf seinen Schreibtisch. Er rückt seinen Stuhl ganz nah an mich heran und sieht mich tief berührt an, dabei drückt er meine Beine ganz langsam auseinander. Ich lehne mich zurück und stütze mich auf dem Tisch auf, während seine Hände unter meinen Rock greifen. Seine Finger gleiten unter den Spitzenstoff meines Höschens und ich lasse meinen Kopf entspannt zurücksinken. Da beginnt er mit einem Daumen, meinen Kitzler zu massieren.

»Süße, es ist für mich kaum auszuhalten, wenn du dich so fallen lässt. Ich kann einfach nicht anders. Ich denke nur noch daran, wie, wann und wo ich es dir besorgen kann.«

Dazu kann ich nichts sagen, weil er mit seinen kreisenden Bewegungen weitermacht. Plötzlich hört er auf und fragt: »Warum bist du einfach gegangen?«

Ich setze mich sofort auf und suche erstaunt Ricks Blick, der ernst auf mich gerichtet ist. Als ich nicht antworte, beginnt er wieder, mich zu stimulieren und fragt erneut: »Warum, Raffaela?«

»Ich weiß es nicht«, gebe ich leise seufzend zu.

»Lag es an mir?« Seine Hand zieht sich aus meiner Unterhose zurück.

»Nein! Wie kannst du so etwas denken?«

»Am Sex hat es aber wohl auch nicht gelegen«, stellt er mit einem leichten Lächeln fest. Ich grinse zurück, während er meinen Rock nach oben schiebt. Wie von selbst suchen sich meine Füße, von denen ich die Schuhe gestreift habe, die bequeme Stellung auf den Lehnen seines Stuhles und ich präsentiere mich ihm, wie ich es nur bei ihm kann.

Ich beobachte ihn, wie er zwischen meine Beine sieht und brummt: »Hmh, so ein unschuldiges weißes Spitzenhöschen für dein unanständiges Kätzchen.« Sein hungriger Blick hat mich im Bann. »Weißt du, was ich schon immer einmal machen wollte?«, fragt er plötzlich.

»Was denn?«

Er greift nach dem dünnen Bund meiner Hose und zupft daran. Ich lächele und ehe ich mich versehe, hat er mir mit einem Ratsch die Unterhose vom Körper gerissen.

»Leg dich hin, Süße«, nuschelt er, während sich sein Kopf bereits zwischen meine Beine senkt. Ich lasse mich zurücksinken und mein Kopf hängt über der Kante seines Schreibtisches. Das erste Stöhnen entkommt mir sofort, als ich seine Zungenspitze zwischen meinen Schamlippen spüre. Seine Hände verschaffen seiner Zunge den nötigen Platz und er beginnt mich dermaßen intensiv zu liebkosen, dass ich mich an irgendwelchen Gegenständen auf seinem Tisch festkralle. Ich hebe kurz meinen Kopf, weil ich ihn einfach sehen muss. Die Bewegungen seines Kopfes und seine wollüstig geschlossenen Augen, stacheln mich noch mehr an. Er sieht so zufrieden aus, wie er sich da zwischen meinen Beinen mit Hingabe zu schaffen macht. Es ist kaum auszuhalten.

Nach Kurzem findet er den Takt, den ich ihm gezeigt habe und ich schmelze unter seiner Zunge mit einer gewaltigen Explosion dahin. Während ich völlig erschöpft auf seinem Schreibtisch liege, streichelt er durch meine Schambehaarung und hat seinen Kopf auf einen meiner Oberschenkel gelegt.

»Du bist so wunderschön, Süße«, höre ich ihn sagen. »Darf ich dich morgen Abend rasieren?«

Vor Schreck will ich meine Beine zusammenpressen, aber er lässt es nicht zu. »Versteh mich nicht falsch. Ich habe nichts gegen deine Schamhaare, ganz im Gegenteil. Ich will dich nicht komplett rasieren, nur ein bisschen.«

Seine Worte haben mich schon wieder erregt und ich flüstere: »Also gut.«

Er steht auf und zieht mir meinen Rock über die Beine. »Ich muss jetzt gehen.«

»Was?« Erstaunt setze ich mich auf. Er lächelt mich an, weil er eine Ahnung hat, was mich bewegt.

»Süße, ich kann es kaum erwarten, glaube mir. Aber ich habe keine Kondome im Büro. Du etwa?«

»Nein«, gebe ich zu. »Aber es gibt doch noch andere Möglichkeiten.«

Er streichelt mich kurz über die Wange. »Es macht mich viel geiler, wenn ich weiß, dass du morgen Nacht mir gehören wirst und ich es noch bis dahin aushalte.«

Dann krempelt er die Ärmel seines Hemdes hinunter und schlüpft in sein Jackett. Meine kaputte Unterhose, wandert in seine Hosentasche, aber erst, nachdem er daran gerochen hat. Wir verlassen das Gebäude gemeinsam.

Auf dem kurzen Weg zu Fuß zur Wohnung fühle ich mich ganz merkwürdig. Einerseits glücklich, befriedigt und entspannt. Andererseits traurig, bedrückt und verzweifelt. Rick fährt mit seinem Wagen, einem weißen BMW an mir vorbei und winkt mir zu. Dann überwiegt das unglückliche Gefühl. Er fährt jetzt nach Hause zu seiner Familie, während ich tatsächlich die heimliche Geliebte bin. Ich wünschte, ich könnte mich benützt fühlen. Aber genau das Gegenteil ist der Fall. Ich habe ihn benützt und er wollte es so.

Kapitel 9

Das bedrückende Gefühl lässt mich den ganzen nächsten Tag nicht los. Ich mache einen großen Bogen um Rick und es ist bereits Nachmittag, kurz bevor ich mit Paul zu dem Termin los muss, als ich Rick auf dem Gang treffe. Er bemerkt, dass etwas mit mir nicht stimmt und fragt beiläufig: »Alles in Ordnung, Raffaela?«

»Rick«, flüstere ich ganz leise, »ich bin mir nicht sicher … wegen heute Abend.«

Rick drängt mich in eine kleine Nische, in der der Kopierer steht. »Süße, bitte, ich brauche dich, ich begehre dich so sehr.« Damit hat er mich schon wieder an der Angel.

»Ich bin verrückt nach dir und genau das macht mir Angst, Rick. Wie soll es weitergehen?«

»Wir reden darüber, später«, sagt er nur und geht mit den Worten: »Wir treffen uns heute nach deinem Termin hier im Büro.«

Der Termin mit Paul ist interessant und ich habe den Eindruck, dass die Firma von Pauls Präsentation beeindruckt ist. Dennoch bin ich mit meinen Gedanken nicht bei der Sache, als Paul mich fragt: »Rick hat gesagt, ich soll dich nun doch nicht zu ihm nach Hause bringen.«

»Genau, wir haben das Essen auf morgen verschoben.«

Paul wirft mir unter der Fahrt immer wieder einen Blick zu, stellt mir aber keine weiteren Fragen. Ich kehre zurück ins Büro und warte einfach ab. Irgendwann klingelt das Telefon in Pauls Büro. Er packt bereits seine Sachen zusammen, weil Feierabend ist.

»Rick? Ja, sie ist hier«, sagt Paul und reicht mir das Telefon. »Süße, mach Feierabend. Ich treffe dich unten«, sagt Rick nur und legt auf. »Er hat gesagt, ich soll für heute Feierabend machen.«

»Ja, er ist gar nicht so ein Sklaventreiber, wie er aussieht.«

Ich packe meine Sachen, treffe im Gang aber auf Diana und Thomas, die mich fragen, ob ich mit Ihnen noch etwas unternehmen möchte. »Tut mir leid, ich wollte noch eine Runde spazieren gehen.«

»Komm schon, Ela. Es ist unser letzter Abend hier und du warst noch kein einziges Mal mit uns unterwegs.«

»Geht ihr zwei nur ohne mich. Viel Spaß!«, sage ich und als wir auf die Straße gehen, drücke ich mich einfach in die andere Richtung davon.

Da verlässt Rick das Gebäude und läuft schwungvoll an mir vorbei. »Komm, Süße«, sagt er nur und ich gehe langsam hinter ihm her. Wir gehen zu einer anderen Wohnung, die anscheinend ebenfalls der Firma gehört. Rick sperrt auf. Die Wohnung erinnert mich an eine noble Wohnung in einem teuren Hotel. Ich gehe langsam hinein, während Rick den Schlüssel von innen ins Schloss steckt und absperrt. Er hat eine Tüte dabei, die er neben der Garderobe auf den Boden stellt. Bevor ich überlegen kann, wie ich die verlegene Stille brechen kann, fängt er mich von hinten ein, streift mein Haar zur Seite und küsst meinen Hals.

»Wollten wir nicht reden?«, frage ich leise, werde aber unter seinen Küssen schwach.

»Später, Süße.«

Er küsst mich weiter und streift meinen dünnen Mantel über meine Schultern. Er erscheint mir beinahe etwas zitterig. Ich drehe mich zu ihm um und befreie ihn von seinem Jackett. Dann löse ich langsam seinen Krawattenknoten, was mir heute gut gelingt. Rick ist immer noch aufgeregt, atmet schwer und küsst mich, als könne er es kaum erwarten, mich nackt zu sehen.

Ich schiebe ihn von mir weg durch den Raum auf einen Stuhl zu. »Setz dich, Rick, und entspann dich«, sage ich, wobei ich mich selbst nicht kenne, wie ich das sage.

Er gehorcht und lehnt sich zurück. Ich gehe ein paar Schritte von ihm weg und knöpfe mir ganz bedächtig meine schwarze Bluse auf. Dabei lasse ich Rick, der mich erwartungsvoll ansieht, nicht aus den Augen. Nachdem die Bluse offen an mir herabhängt, schlüpfe ich aus der rosafarbenen Hose und meinen Seidenstrümpfen.

»Heute habe ich schwarze Unterwäsche an, extra für dich«, säusele ich und bemerke, dass sich Ricks Hände an die Lehnen seines Stuhles krallen. Ich gehe auf ihn zu, knie vor ihm nieder und knöpfe langsam sein Hemd auf. Sein Blick fällt in meinen Ausschnitt, wo sich meine Brüste unter meinen tiefen Atemzügen heben und senken. Dann öffne ich seine Hose und ziehe sie ihm sitzend aus und er ist mir dabei behilflich.

Ich kichere, weil er ebenfalls eine schwarze Unterhose an hat. Nachdem ich ihm seine Socken abgestreift habe, nähere ich mich seinem Gesicht und küsse ihn ganz zart, immer und immer wieder. So lange, bis er endlich entspannt seine Augen schließt und sich fallen lässt, so wie ich es bei ihm so gerne tue. Er sucht unter meiner offenen Bluse nach meinen Brüsten und streichelt sie durch den zarten Stoff des BHs. Nach meinen Nippeln braucht er nicht lange zu suchen. Sie heben sich bereits deutlich unter dem Stoff ab.

Plötzlich schiebt er mich von sich weg und sein wilder Blick trifft mich unvorbereitet. Er zieht mir meine Bluse über die Schultern und fixiert meine Arme, die sich noch in der Bluse befinden, hinter meinen Körper. Dann steht er auf und zieht mich ebenfalls hoch. »Komm mit ins Bad, Süße«, raunt er und wir betreten das große Badezimmer. Rick holt die Tüte und als er Duschgel und einen Rasierer herausholt, wird mein Atem hektisch.

»Steig in die Wanne«, sagt er sanft und hilft mir aus der Bluse.

Rick zieht sich völlig nackt aus und setzt sich in die Wanne. Als ich mich zu ihm setzen will, sagt er: »Nein, bleib stehen.«

Er positioniert mich direkt vor sich und zieht langsam an meiner Unterhose. Ich will meinen BH öffnen, aber er hält mich zurück: »Bitte lass ihn noch an. Deine Titten sehen so verlockend darin aus.«

Rick fixiert mich mit seinem Blick und greift nach einem meiner Beine. Ich lasse ihn mich führen und er stellt es auf dem Rand der Wanne ab.

»Mal sehen, ob ich das so hinbekomme«, sagt er und betrachtet meinen Schambereich. Er stellt die Brause der Wanne an und lässt warmes Wasser über mich laufen, dann schäumt er mich langsam mit dem mitgebrachten Duschgel ein. Überall, vom Bauchnabel abwärts bis zu den Füßen.

Als er den Rasierer ansetzt, bemerkt er mein Zucken. »Keine Angst. Ich passe auf, Süße.«

Ich versuche, mich zu entspannen und gebe die Kontrolle ab. Rick rasiert mir erst die Beine, obwohl ich das erst selbst erledigt habe. Er gibt sich allerdings viel mehr Mühe als ich und es erregt mich, wie er mit seiner zweiten Hand dem Rasierer nachfährt und mich streichelt.

Schließlich widmet er sich meinem Intimbereich, braust mich ab, schäumt mich erneut ein, wechselt mein Standbein und geht so liebevoll vor, dass ich mich ganz still verhalte, um ihn ja nicht abzulenken.

»Süße, jetzt kann ich deine Muschi richtig sehen.« Wieder braust mich Rick mit warmem Wasser ab. Er legt alles zur Seite und zieht mit den Händen meine Schamlippen auseinander.

»Du siehst so geil aus«, knurrt er und vergräbt sich in meiner Spalte. Er saugt an meinen Schamlippen und stöhnt dabei selbst auf. Ich drücke ihm mein Becken entgegen und halte seinen Kopf fest.

Ruckartig steht er auf und schiebt die Körbchen meines BHs nach unten. Meine Brüste thronen auf den

Bügeln und strecken sich ihm entgegen, während ich seinen steifen Penis bereits an meinem Unterleib spüre. In Windeseile öffnet Rick meinen BH und befreit meine Brüste aus ihrer angespannten Lage. Sie fallen ein Stück und Rick saugt erregt den Atem ein, bevor er sich über die zarte Haut um die Brustwarzen hermacht.

Nach einer Weile sieht er mich plötzlich unsicher an. Ein Blick, den ich nicht an ihm kenne. »Was ist?«

»Süße … würdest du … ich …«

»Was ist denn? Sag schon?« Ich folge seinem Blick, der auf die Tüte neben der Wanne fällt. »Was hast du da?«

Ich steige aus der Wanne. In der Tüte sehe ich ein schwarzes Stück Stoff und ziehe es heraus: Ein durchsichtiges Negligee! An einem der dünnen Träger, der locker über meinem Zeigefinger liegt, halte ich es in die Höhe. Rick sieht mich schelmisch mit hochgezogenen Augenbrauen an.

»Ich nehme mal an, das hast du nicht für dich gekauft«, sage ich leichthin und er entspannt sich noch ein Stück mehr.

»Irgendwie schon.«

Ich muss lachen. »Deswegen bist du so nervös?«

Rick kratzt sich verlegen im Haar. »Ehrlich gesagt, nicht deswegen. Ich will dich in diesem Ding auf allen vieren beobachten.«

Jetzt ziehe ich die Augenbrauen in die Höhe und er ergänzt: »Wie du vor mir ins Bett krabbelst.«

»Sie sind sehr direkt, Herr Beckmann.«

Lächelnd verschwinde ich aus dem Bad, nachdem

ich ihm mit meinem Finger den Wink zum Warten gegeben habe. Draußen vor dem Garderobenspiegel schlüpfe ich in das schwarze Nichts. Ich trage gerne schöne Unterwäsche, aber so etwas hatte ich noch nie an. Unglaublich sexy und begehrenswert fühle ich mich darin.

Rick steht immer noch in der Badewanne, als ich ins Bad zurückkehre. Sein Blick erregt mich noch mehr und kurzerhand wende ich ihm den Rücken zu. Ich zögere kurz, bevor ich auf die Knie gehe und heiser flüstere: »Folgen Sie mir unauffällig, Herr Beckmann.«

Dann stütze ich mich auf meine gestreckten Arme und krieche im Hohlkreuz ganz langsam über den Fliesenboden aus dem Bad. Dabei lasse ich mein Becken weit nach links und rechts ausschwenken. Rick verlässt sofort die Wanne und folgt mir bis zur Badezimmertür. Ich schaue mich nicht nach ihm um. Aber das mache ich nicht nur für ihn. Die Situation macht mich selbst an, weil ich mir vorstelle, wie es für ihn ist.

Ich klettere auf das Bett und weiß nicht, was ich jetzt machen soll. Deshalb bin ich froh, dass Rick sagt: »Leg dich auf den Rücken.« Seine Stimme klingt ganz brüchig.

Als ich auf dem Rücken ausgestreckt auf dem Bett liege, steht Rick immer noch in der Tür, nackt und in voller Pracht. Er hat seinen Schwanz in der Hand und massiert seine Hoden.

»Rick!«, stöhne ich auf und presse meine Schenkel aneinander.

»Spreiz deine Beine«, keucht er, während er anfängt, seinen Penis selbst zu stimulieren.

»Noch weiter«, höre ich ihn sagen und bin gerne folgsam. »Und fass dich an, Süße!«

Rick holt Kondome und wirft sie aufs Bett. Dann stellt er sich vor das Bett und beobachtet, wie meine Hand zögerlich in meinen Schritt wandert. Ich muss das Negligee ein Stück nach oben ziehen, damit ich mich berühren kann.

»Wie fühlt sich die neue Frisur an?«, fragt er lächelnd und kniet sich vor das Bett.

»Ungewohnt, aber gut.«

Er legt seine Arme auf das Bett und stützt sein Kinn auf seinen Händen auf. Unverwandt blickt er auf meine Hand.

»Ich fühl mich wie beim Frauenarzt«, wispere ich und will meine Hand wegziehen.

Rick greift blitzschnell danach und führt sie zurück an mein Schamhaar. »Meinst du, dein Frauenarzt will dich ficken?«

»Nein, ich bin bei einer Frau. Ich meinte mehr die Situation, dass du da unten so hinsiehst.«

»Stört es dich?«

»Nicht direkt. Es verunsichert mich.«

»Süße, lass mich dir zusehen. Du machst mich so unglaublich scharf, das kannst du dir gar nicht vorstellen.« Dann fragt er: »Bist du feucht?«

Ich seufze: »Und wie.«

»Lass mich sehen, wie du es magst.«

Ich reibe mich selbst und vergesse einfach, dass Rick mir dabei zusieht, obwohl ich ihn eindeutig hören kann. Er schnauft genauso laut wie ich und murmelt zwischendurch ganz leise Dinge in meine Richtung: »Oh Süße ... du bist so feucht, dass ich es sehen kann ... warum bist du nur so feucht? Ich halte es kaum noch aus ...«

Nach einiger Zeit greift er an meine Schenkel und drückt meine Beine weit auseinander. Ich stöhne auf, weil er mit seinem Gesicht so nah an mir liegt, dass ich seinen Atem auf meiner Hand spüre. Er zieht meine Hand aus meiner Spalte und als es plötzlich wieder warm an meinem Finger wird, begreife ich, dass er ihn in den Mund genommen hat und ihn genüsslich abschleckt. Mit einem Ruck legt er sich halb auf, halb neben mich und führt mir seinen Finger ein. Ich stöhne und fühle mich völlig handlungsunfähig.

»Wag es ja nicht zu kommen. Du kommst mit mir gemeinsam, Süße.« Trotzdem arbeitet er gnadenlos auf einen Orgasmus hin, den ich nicht aufhalten kann und auch gar nicht aufhalten will. Er scheint es zu spüren und zieht seinen Finger aus mir zurück.

»Rick, mach weiter. Hör nicht auf«, flehe ich ihn an und ziehe ihn an mich, um ihn zu küssen. Er macht nicht weiter, jedenfalls nicht an dieser Stelle. Während ich ihn küsse, legt er sich auf mich und seine warmen Hände fahren unter das Negligee. Kurz vor meinen Brüsten hält er inne und ich beende den Kuss: »Berühre sie, Rick.«

»Du hast es schon wieder vergessen, Süße. Ich lasse dich leiden. Ich will das Wort aus deinem Mund hören. Es macht mich unglaublich an«, raunt er mir zu und küsst meinen Hals.

»Oh Gott«, hauche ich, »fass meine Brüste an und küsse sie und tue mit ihnen, was immer du willst.«

»Was immer ich will?«, fragt er scheinheilig und lässt sich das nicht zweimal sagen.

Seine Hände wandern höher und höher. Er küsst meine Nippel vorsichtig durch den dünnen Stoff, bevor er mit seinen Fingerspitzen beide Brustwarzen gleichzeitig zwirbelt. Schließlich schiebt er den Stoff des Brustteils nach unten und schleckt über meine Brustwarzen. Er ist so zärtlich und zugleich fordernd, dass ich mich unruhig unter im winde.

»Ich will dich, Rick«, stöhne ich und möchte ihn überall zugleich berühren. An seinen Schultern, den starken Oberarmen, seinem Rücken, seinem Po, seiner Brust und natürlich seinen Penis. Ich weiß gar nicht, wie lange wir uns gegenseitig verwöhnen, bis ich schon beinahe verzweifelt nach einer Kondompackung greife.

»Schlaf mit mir«, flehe ich ihn an.

»Wenn du mich so lieb darum bittest ...« Lächelnd nimmt er die Packung, legt sich auf den Rücken und zieht das Kondom mit wenigen geübten Handgriffen über seinen Penis.

»Du siehst aus wie ein Gott, weißt du das?«

»Ein Gott mit einem Gummitütchen?«

Ich fasse an seine Hoden und knete sie sanft: »Ein Gott mit einem Wahnsinnsgehänge.«

Er lacht und sieht mich liebevoll an. Dieser Blick lässt mich erstarren, was er sofort bemerkt. »Hey Süße, alles klar?«

»Ja«, lüge ich, weil mein Körper gerade von einem

verbotenen Glücksgefühl heimgesucht wird.

Er glaubt mir und dreht mich zur Seite: »Dann bist du die Göttin mit dem Wahnsinnsarsch.« Dabei klopft er mir auf den Hintern und schiebt sich ganz nah an mich. »Lust auf Löffelchen?«

Ich öffne meine Beine und gebe ihm damit meine Zustimmung. Er lässt sich Zeit und kostet bei jeder Bewegung die komplette Länge seines Schwanzes aus. Mit einer Hand führt er meinen Unterleib, mit der anderen liebkost er meine Brüste. Ich will ihn noch tiefer in mir spüren, weshalb ich mich auf den Bauch drehe. Er zieht mich auf die Knie und führt mein Becken mit festem Griff. Mit Erstaunen stelle ich fest, dass meine Intimrasur tatsächlich etwas bewirkt hat. Ich spüre Ricks Körper so intensiv, wenn er sich an mir reibt, dass ich nicht lange brauche, bis ein Orgasmus heranrollt.

»Ich komme gleich«, schreie ich auf, da zieht sich Rick aus mir zurück und ich drehe mich erstaunt zu ihm.

»Noch nicht, Süße. Wir machen es noch eine ganze Weile.«

Ich will mir selbst in den Schritt fassen, aber er kommt mir zuvor.

»Niemals!«, höre ich ihn raunen, während er seine Hand fest auf meine Schamlippen presst, bis ich mich beruhigt habe. Sofort beginnt er mit leichtem kreisenden Druck meine Erregung von Neuem zu entfachen. Ich lasse mich auf alle viere zurückfallen und er dringt sofort mit seinem Finger von hinten in mich ein. Er bewegt sich so schnell, dass ich spüre, wie ich immer enger um seinen Finger werde.

»Ich besorg es dir, Süße, aber mit meinem Finger.«

»Bitte«, flehe ich ihn an und merke, wie es ihn erregt.

»Was willst du, Süße?«

»Ich will deinen Schwanz.«

»Du bist so eng, dass ich niemals in dich hineinkomme«, höre ich ihn sagen, aber er zieht seinen Finger aus mir heraus. »Du muss deine Beine für mich öffnen, Süße. Ich will deine nasse Muschi sehen«, ergänzt er und dreht mich auf den Rücken. Ich spreize meine Beine und er sieht mir genüsslich zwischen die Beine. »Deine Schamlippen sind ganz geschwollen. Bist du so geil, Süße?«

»Ja«, hauche ich und er brummt: »Weiter öffnen. Das reicht nicht.«

Da öffne ich meine Oberschenkel noch mehr und er rückt näher an mich heran. Seine Eichelspitze stößt bereits an den Eingang meiner Spalte und ich schließe erwartungsvoll die Augen. »Mehr Süße. Mach mir Platz. Hilf mit deinen Händen nach.«

Als ich zögere, fängt er an, sich ganz leicht vor meiner Spalte zu bewegen, dringt aber nicht in mich ein. Langsam fasse ich neben meine Schamlippen und ziehe sie auseinander, bis ich Rick keuchen höre. »Süße, du sabberst schon aus allen Poren«, stöhnt er völlig von Sinnen. Er fährt mit seinen Händen über meine Pobacken, die Oberschenkel entlang und greift meine Kniekehlen.

Dann dringt er unendlich langsam in mich ein. Vor lauter Lust schreie ich auf. Ich bin wirklich unendlich eng und spüre jeden Millimeter, den er sich in mir weiter vorantastet.

»Gott, ist der groß!«, platzt es aus mir hervor und Rick stöhnt. Er legt sich schwer auf mich und presst mein Becken an seinen Körper, bis ich innerlich jubiliere.

»Jetzt vögel ich dir dein Hirn raus«, knurrt er in mein Ohr und beißt in meinen Hals. Ich kann nur keuchen, als er anfängt, mich mit harten Stößen zu vereinnahmen. Das Bett wippt bei jeder Bewegung an die Wand und ich genieße seine Schübe mit purer Lust.

Immer wieder macht Rick Pausen in seinen Bewegungen, bis ich es nicht mehr aushalte und mich demonstrativ unter ihm bewege. »So ungeduldig?«, fragt er und fixiert mich mit einem eindringlichen Blick.

Ich sehe ihm tief in die Augen, während er wieder härter zustößt und dabei immer schneller wird. Er klammert sich an meine Schultern und zieht mich an sich. »Du bist so eng, Süße. Ich kann mich nicht mehr lange zurückhalten.«

Seine Hand macht sich auf den Weg zu meiner Vagina und während er sich in mir bewegt, massiert er mich eindringlich. Ich bäume mich auf und genieße den Orgasmus, der auf mich einstürmt.

»Jetzt«, kann ich nur rufen, als ich bereits meine inneren Zuckungen spüre, die mit einem Gefühl herrlicher Glückseligkeit einhergehen.

Rick keucht ganz leise, während er immer tiefer in mich vorstößt. Er bricht über mir zusammen, als er kommt. Eine ganze Zeitlang rührt er sich nicht und ich streichele seinen Rücken und seine Haare, bis sich sein Atem beruhigt hat.

Wir liegen noch eine ganze Weile nackt nebeneinander und ich kuschele mich an ihn. Dann setzt er sich auf und lehnt sich an das Kopfteil. Er sieht nicht glücklich aus.

»Ich fühle mich wirklich mies«, sagt er und obwohl mir seine Worte einen Stich versetzen, kann ich ihn verstehen. Er lacht verzweifelt auf und ergänzt: »Ich kann es kaum erwarten, mit dir zu schlafen, und dann habe ich ein schlechtes Gewissen, aber immer erst danach. Klingt das verrückt?«

»Nein, eigentlich nicht.« Rick sieht mich überrascht an. Er streichelt meine Wange und ist mit den Gedanken ganz woanders.

»Rick, ich finde, wir sollten die Sache heute beenden«, hauche ich ganz leise und kann es gar nicht fassen, dass ich das sage.

Er nickt und obwohl mein Angebot ehrlich gemeint war, schockiert mich sein Nicken nun doch. »Du bist wirklich anders. Das ist mir schon aufgefallen, als ich dich an dem Tisch sitzen sehen habe. Damals konnte ich nicht genau erfassen, was es ist. Aber sie ist da, diese magische Aura, die dich umgibt. Du bist viel mehr wert, als eine heimliche Geliebte zu sein und ich kann dir nicht mehr bieten. Ich kann es immer noch nicht fassen, dass du deine Gesellschaft für Geld verkaufst.«

»Verstehe«, flüstere ich und schelte mich selbst, weil ich ja eigentlich nicht beleidigt zu sein brauche. Er hatte seine Ehe nicht verheimlicht und hatte keinen Hehl daraus gemacht, dass er sich von seiner Frau nicht trennen würde. Ich habe gewusst, auf wen ich mich einlasse. Jetzt ist aus dem One-Night-Stand ein Two-Night-Stand geworden, mehr nicht.

»Bist du sauer?«, fragt er leise.

»Nein.«

»Meinst du, wir können Freunde sein, Raffaela?«

»Vielleicht.«

»Ich sollte jetzt nach Hause fahren«, teilt er mir mit und verlässt das Bett. Mir ist zum Heulen zumute, ich reiße mich aber so gut es geht zusammen. Während Rick sich anzieht, fragt er: »Findest du den Weg zurück?«

»Ja, natürlich.«

Er wirkt verlegen, als er sagt: »Ich muss die Wohnung abschließen. Würdest du dich bitte anziehen?«

Ich wickele mich in die Bettdecke ein, sammele meine Sachen ein und sperre mich im Badezimmer ein, um mich anzuziehen. Ein leises Wimmern kann ich nicht unterdrücken und hoffe inständig, dass er nicht an der Tür steht und lauscht. Bevor ich das Bad verlasse, sehe ich mich im Spiegel an und schicke mir selbst eine Portion Mut und Würde zu. Um meine schlechte Stimmung zu vertuschen, sage ich sofort beim Verlassen des Bades: »Müssen wir noch aufräumen?«

»Nein, ich habe einen Putzservice, der vorbeikommt, wenn ich ihn anrufe. Morgen sind sowieso die Wohnungen von euch dran, dann sollen sie hier gleich mitputzen.«

Ich nicke verständig und ziehe meinen Mantel

über. »Also dann, bis morgen«, sage ich und gehe ganz schnell, bevor Rick das Tränenwasser bemerkt, das in meinen Augen steht. Auf dem Weg zurück bin ich ziemlich schnell. Er holt mich nicht mehr ein. Vielleicht will er das auch gar nicht.

Ich heule fast die ganze Nacht durch, jedenfalls den Teil der Nacht, der noch übrig ist. Die Dusche am Morgen macht mich auch nicht hübscher.

Thomas und Diana werfen sich heimliche Blicke zu, während ich jedem Gespräch beim Frühstück aus dem Weg gehe.

Kapitel 10

»Wow«, sagt Paul, als ich sein Büro betrete. Ich habe mich heute sehr schick angezogen, weil ich mir mein bestes Outfit für den Freitag aufgehoben habe. Außerdem trage ich mein Haar offen, was ich die letzten Tage stets vermieden habe. Meine Schminke ist heute auch stärker als gewöhnlich ausgefallen, weil ich mein verheultes Äußeres vertuschen musste. Den Wow-Effekt haben aber wahrscheinlich eher mein dunkelblauer Bleistiftrock und die weiße Rüschenbluse ausgelöst. Paul ist wirklich ein netter Kollege. Ich könnte mir sehr gut vorstellen, immer mit ihm zu arbeiten und daher freut es mich ganz ungemein, dass er etwas Ähnliches zu mir sagt: »Sie werden mir wirklich fehlen. Ich könnte mich daran gewöhnen, jemanden wie Sie um mich zu haben.«

»Immer frischer Kaffee …«, sage ich so daher und er ergänzt im gleichen Tonfall: »… und immer frische Kopien.«

Ich lache und er grinst mich frech an. »Ehrlich Raffaela, Sie haben gute Ideen. Wir würden uns perfekt ergänzen. Melden Sie sich doch, wenn Sie mit Ihrem Studium fertig sind. Oder falls Sie für andere Praxismodule noch eine Stelle suchen, rufen Sie mich an.«

»Das klingt gut. Vielleicht komme ich tatsächlich darauf zurück.« Natürlich weiß ich in Wirklichkeit, dass die Richard Beckmann Group meine letzte

Anlaufstelle wäre, sollte es zu so einem Fall kommen. Nicht, weil die Firma schlecht wäre oder der Chef nicht zu ertragen. Ich kann den Chef einfach zu gut ertragen, genau das ist das Problem.

Wie aufs Stichwort sagt Paul: »Rick hat gesagt, ich soll Sie pünktlich um zwölf Uhr in die Wohnung schicken, damit Sie packen können. Er holt Sie dann um Viertel vor eins ab und bringt Sie nach dem Essen bei seiner Familie direkt zum Bahnhof.«

»Aha, danke für die Info!«

Mittags verabschiede ich mich von den Kollegen und da läuft mir Rick das erste Mal an diesem Tag über den Weg. Ich stehe halb auf dem Gang in einer offenen Bürotür und rede mit den Kollegen, Rick eilt vorbei. »Wir sehen uns dann, Raffaela«, sagt er nur kurz im Vorbeigehen.

»Ja, genau.«

In der Wohnung ziehe ich mich um. Die lange Zugfahrt zurück möchte ich in bequemer Bekleidung zurücklegen. Als Rick mit Verspätung bei mir eintrifft, trage ich eine verwaschene Boyfriend-Jeans und ein enges, blaues T-Shirt. »Bin gleich so weit«, sage ich und schlüpfe in meine roten Turnschuhe und die Jeansjacke.

»Soll ich dir tragen helfen?«, fragt Rick, aber ich nehme meine Gepäckstücke selbst.

»Nein, es geht schon.« Er lässt mich damit in Ruhe. Lediglich beim Einladen meines Koffers in seinen Wagen, nimmt er mir das gute Stück ab. Ich steige neben ihm ein und wir fahren schweigend zu seinem Haus.

Es liegt eine ganze Viertelstunde Fahrt hinter uns,

in der wir kein Wort miteinander gesprochen haben, als ich das schöne Haus bestaune, in dem Rick wohnt. Seine Frau öffnet uns die Tür. Sie ist wirklich viel zu dürr, fast nur noch Haut und Knochen. Ich kann aber leider nicht behaupten, dass sie hässlich wäre. Ganz im Gegenteil.

»Frau Beckmann, freut mich, Sie kennenzulernen«, sage ich einfach locker, ohne dass es mich die erwartete Überwindung kostet.

»Frau Winkler, richtig?«, erwidert sie lächelnd und schüttelt mir lasch die Hand. Das Lächeln erreicht ihre Augen nicht. Dann sagt sie: »Richard, heute bist du vor deiner Tochter zu Hause. Das muss ich im Kalender ankreuzen.«

In diesem Moment sehe ich ein Mädchen mit Schulrucksack das Grundstück betreten. Frau Beckmann winkt ihr und sie winkt zurück.

Rick quetscht sich an seiner Frau vorbei ins Haus und sagt zu mir: »Hier können Sie Ihre Jacke aufhängen, Frau Winkler.«

Ich gehe ebenfalls an Frau Beckmann vorbei ins Haus und ziehe meine Jacke aus. Rick sieht mich vorsichtig an und ich ignoriere seinen Blick. Was will er von mir hören? Schön hast du es hier, so heimelig mit Frau und Tochter?

Marie ist wirklich ein nettes Mädchen und ebenfalls eine ganz Hübsche mit großen Augen und vollen Lippen. In ein paar Jahren wird sie den Jungs den Kopf verdrehen und ihrem Vater viel Stress machen, denke ich. Anders als bei ihrer Mutter lächeln bei Marie auch die Augen, als sie mich begrüßt.

Frau Beckmann bittet zu Tisch und ich ergebe mich in diese schreckliche Situation, in der ich mich befinde. Frau Beckmann hat ein Kartoffelgratin zubereitet und es schmeckt wirklich köstlich. Mir fällt allerdings auf, dass sie in ihrem Essen nur lustlos herumstochert. Marie dagegen isst mit viel Appetit und ich verdrücke zumindest eine normale Portion, ebenso wie Rick.

Das Gespräch wird glücklicherweise hauptsächlich von Marie und Rick am Laufen gehalten. Marie berichtet von der Schule und ich versuche, mit Blickkontakt Interesse an dem Gespräch zu zeigen. Immer wieder ertappe ich mich dabei, wie ich Rick zu lange und zu intensiv beobachte.

Seine Frau, die ja nicht so mit Essen beschäftigt ist, hat dies wohl bemerkt, da sie mich auf einmal in ein Gespräch verwickelt: »Wie lange kennen Sie meinen Mann schon?«

»Öhm, seit er bei uns an der Uni den Vortrag gehalten hat und Diana, Thomas und ich anschließend aufgerufen wurden.«

»Aber Sie waren diejenige, der er nachlaufen musste, weil Sie aus dem Hörsaal gestürmt sind, oder?«

Ich werfe einen unsicheren Blick zu Rick, der sofort sagt: »Ich habe meiner Frau davon berichtet, da mir so etwas noch nicht passiert ist.«

»Ja«, sagt Frau Beckmann scharf, »normalerweise flüchten die Studentinnen nicht vor dir, Richard.«

Rick räuspert sich. »So hatte ich das nicht gemeint.«

»Mir ging es an diesem Tag nicht so gut«, erkläre ich schnell, um das Gespräch wieder ins Laufen zu bringen.

»Und an dem Tag, als Sie hier ankamen? Ging es Ihnen da auch nicht so gut? Haben Sie psychische Probleme?«, fragt Frau Beckmann und ich bin schockiert.

Rick schnauft tief durch und sagt: »Steffi!«

Ich sage einfach schnippisch: »Haben Sie eine Essstörung?«

Frau Beckmann lacht schrill auf und weil Marie mit ihrem Teller fertig ist, sagt Rick zu ihr: »Fang doch schon einmal mit den Hausaufgaben an, ja?«

Marie ist verschwunden und Frau Beckmann lacht immer noch. Ich stehe auf: »Vielen Dank für das leckere Essen! Ich glaube, ich sollte jetzt gehen.«

»Aber es gibt doch noch den Nachtisch«, sagt Frau Beckmann und sieht mich ernst an.

»Als ob Sie den essen würden!«, platzt es aus mir heraus und Rick ruft entsetzt: »Raffaela!«

»Raffaela?«, fragt seine Frau sofort. »Also doch nicht nur Frau Winkler?«

»Es tut mir leid, Raffaela, meine Frau ist sehr eifersüchtig«, sagt er zur Erklärung.

Da erscheint Marie und bittet ihren Papa, ihr kurz mit den Hausaufgaben zu helfen. Rick zögert einen Augenblick, steht dann aber auf und geht mit seiner Tochter.

Ich setze mich wieder hin, da ich nicht vorhabe, klein beizugeben. »Ich bin weder psychisch krank noch gesundheitlich instabil.«

»Aber Sie haben sich in meinen Mann verliebt.«

»Nein!«, behaupte ich glaubwürdig, da ich mir über dieses Thema bisher keine Gedanken gemacht habe.

»Dann sind Sie dümmer, als Sie aussehen. Ich kenne diesen Blick, mit dem Sie ihn ansehen, weil ich ihn früher auch so angesehen habe.« Ihr gespieltes Lächeln macht mich wütend. Weil ich nichts sage, fährt sie fort: »Ich kann Sie verstehen. Er sieht immer noch blendend aus, fast noch besser als früher. Aber er wird mich nie verlassen.«

Ich sehe sie genervt an, weil ich davon ausgehe, dass sie keine Ahnung hat, worüber sie spricht.

»Fickt er Sie?«, fragt sie plötzlich und ich weiß nicht, was ich sagen soll.

Glücklicherweise kehrt Rick zurück an den Tisch. Ich warte erst gar nicht, bis er sitzt, sondern stehe sofort auf. »Ich gehe jetzt.« Ohne auf weitere Reaktionen zu warten, reiße ich meine Jacke vom Garderobenhacken, schlüpfe in meine Schuhe und renne aus dem Haus. Erst vor dem weißen BMW bleibe ich stehen, weil er verschlossen ist und mein Gepäck immer noch im Kofferraum wartet.

Ich höre Rick im Haus schreien. Seine Frau ist nicht viel leiser, als sie hysterisch zurückbrüllt. Etwas zerbricht und als ich am Haus nach oben sehe, erkenne ich Marie hinter der Scheibe. Sie weint. Verzweifelt rüttele ich am Kofferraum des Wagens und prompt geht die Alarmanlage los. Das Geschrei im Haus verstummt und es dauert einen Moment, bis Rick in der Tür erscheint und auf die Fernbedienung seines Schlüssels drückt.

»Mach mir bitte den Wagen auf. Ich will mein Gepäck haben«, rufe ich. Aber er geht zurück ins Haus. Ich fasse es nicht und überlege gerade, was ich nun tun soll, als er mit einer Jacke zurückkommt.

»Ich fahre dich zum Bahnhof«, sagt er nur und steigt auf der Fahrerseite ein.

Doch ich öffne einfach den Kofferraum, der nicht mehr verriegelt ist, und zerre an meinen Gepäckstücken. Rick steigt schnell wieder aus. »Ich fahre dich jetzt zum Bahnhof, also steig ein!« Da gebe ich mich geschlagen und setze mich auf den Beifahrersitz.

Rick fährt aggressiv und ruppig. Von seinem geschmeidigen ruhigen Fahrstil bei der Herfahrt ist nichts mehr übrig. »Hast du deiner Frau etwas erzählt?«

»Nein, sie ist so. Überall sieht sie Gespenster.«

»Aber diesmal hat sie voll ins Schwarze getroffen. Sie hat mich gefragt, ob du mit mir schläfst.«

Rick presst die Lippen aufeinander und sagt dann: »Ich habe ihr nichts erzählt. Aber sie hat schon immer ein feines Gespür für … zwischenmenschliche Dinge gehabt.«

»Sie ist krank, völlig neben der Spur. Sie versucht, dich mit ihrer Krankheit an sich zu ketten. Merkst du das nicht?«

»Misch dich nicht ein!«, faucht er mich an.

»Klar«, nicke ich frustriert, weil mir bewusst ist, dass ich mich wie die perfekte heimliche Geliebte anhören muss, die über die Ehefrau herzieht, weil die ihr im Weg steht. »Ich bin bald weg und dann siehst du mich nie wieder«, sage ich noch leise und spüre, wie etwas in mir zerbricht. Verdammt! Ich habe mich tatsächlich in ihn verliebt. Wie blöd kann der Mensch nur sein?

»Bitte fang jetzt nicht an zu heulen. Wenn ich etwas nicht ertrage, dann sind das Frauen, die auf Befehl losheulen«, meint Rick mit einem verstohlenen Seitenblick auf mich und ich reiße mich zusammen, obwohl er so dermaßen danebenliegt.

Ich bin heilfroh, als wir endlich den Bahnhof erreichen. Schnellstmöglich steige ich aus, knalle die Tür zu und gehe zum Kofferraum. Rick will aussteigen, aber ich wehre mich: »Bleib sitzen. Ich schaffe das schon.« Leider schaffe ich es nicht und Rick steigt doch aus, um mir den Koffer aus dem Auto zu heben.

»Es war wohl nichts mit ‚Freunde bleiben‘«, stellt er fest und ich schaffe es nicht einmal mehr, ihn anzusehen.

»Tu mir einen Gefallen und lass mich in Zukunft in Ruhe!«, flüstere ich. Dann schlucke ich und füge gefasst hinzu: »Vielen Dank, dass ich eine Woche bei Ihnen hospitieren durfte, Herr Beckmann.« Ich reiche ihm die Hand und er ergreift sie, obwohl er verkrampft den Kopf schüttelt.

Bevor ich mich wegdrehen kann, greift er mit der anderen Hand meinen Kopf und zieht mich zu sich, um mir einen Kuss auf die Stirn zu drücken. »Leb wohl«, raunt er und dann ist er es, der sich von mir abwendet. Er steigt ein und startet den Motor.

Ich ziehe meinen Koffer hinter mir her und betrete das Bahnhofsgebäude. Der nächste Zug in meine Richtung fährt in zehn Minuten und ich mache mich gleich auf den Weg zu dem Bahnsteig. Der Zug steht bereits da und ich gehe bis zum ersten Waggon vor, weil ich dann an meinem Zielbahnhof günstig aussteigen kann.

Eine Weile starre ich wie betäubt ins Nichts und als der Schaffner mit seinem Pfiff verkündet, dass die Fahrt beginnt, sehe ich Rick plötzlich auf dem Bahnsteig. Er geht an den Waggons vorbei und sieht sich suchend um. Gerade als der Zug anfährt, hat er mich entdeckt. Er bleibt stehen und sieht mir nach. Ich sehe ihn an und da ist es wieder, dieses Knistern zwischen uns, das ich nicht abschalten kann. Ich hebe meine Hand, um ihm zu winken, und er tut es mir gleich.

Kapitel 11

Als ich zu Hause ankomme, rufe ich sofort meine Eltern an, die sich wundern, weil ich mir zum ersten Mal bei ihnen Geld leihen möchte. Tausend Euro. Sie überweisen mir das Geld ohne weitere Nachfragen und ich kaufe eine ganz besondere Krawatte, eine, die John Lennon zeigt. Dann hebe ich das Geld ab, verpacke es in einem kleinen Paket zusammen mit der Krawatte und schicke es an die Richard Beckmann Group »z. Hd. v. Richard Beckmann persönlich«. In einem kurzen Brief teile ich ihm mit:

Lieber Rick,
danke, dass du noch einmal zurückgekommen bist. Du sollst wissen, dass mir das sehr viel bedeutet. Ich möchte allerdings nicht, dass dich unsere erste Begegnung tausend Euro und eine Krawatte gekostet hat. Deshalb bitte ich dich, den Inhalt dieses Paketes einfach, ohne weitere Worte darüber, anzunehmen. Vielleicht begegnen wir uns eines Tages wieder und es wäre schön, wenn wir dann so etwas wie Freunde sein könnten.
Raffaela

Nach einigen Tagen, in denen ich mich kaum auf das Lernen für meine Prüfungen konzentrieren konnte, erhalte ich eine Antwort, handschriftlich, per Post.

Liebe Raffaela,

es tut mir immer noch leid, wie wir auseinandergegangen sind. Aber es ist gut zu wissen, dass dir mein Wiedergutmachungsversuch so viel bedeutet. Über das Geld will ich keine Worte verlieren, wie du es verlangt hast. Die Krawatte, und das schreibe ich nicht einfach so, ist die schönste Krawatte, die ich jemals besessen habe. Ich werde sie gerne tragen und dafür kannst du das olle Ding, das du von mir hast, gerne behalten.

Ich möchte dir noch mitteilen, dass ich mich mit meiner Frau ausgesprochen habe. Sie weiß über uns Bescheid, von daher ist es wahrscheinlich schwierig, eine Freundschaft aufrechtzuerhalten. Meine Frau und ich besuchen eine Paartherapie und sind guten Mutes, dass wir unsere Probleme in den Griff bekommen können.

Ich wünsche dir für die Zukunft alles Gute, in beruflicher, aber besonders auch in privater Hinsicht.

Ich habe diesem Brief noch etwas beigelegt, was ich leider nicht behalten kann. Du sollst aber wissen, dass ich unsere gemeinsame Zeit niemals vergessen werde.

Rick

Ich ziehe meine kaputte Unterhose aus dem großen gepolsterten Umschlag und heule. Wären nicht die Prüfungen vor der Tür gestanden, hätte ich mich wahrscheinlich nie wieder aus der Wohnung gewagt. Aber erstaunlicherweise kann ich mich zu ganz viel Normalität überwinden.

Ich lerne, lerne und lerne besessen von dem Traum, dass ich eines Tages Ricks beruflichen Weg erneut kreuzen werde. Mit einem gut aussehenden Ehemann und niedlichen Kindern würde ich ihm zeigen, was er verpasst hat, als er mich gehen ließ. Die andere bittere Tatsache ist jedoch die, dass ich auf die dreißig zugehe, zwar eine abgeschlossene Berufsausbildung im Malerhandwerk und als Optikerin habe, allerdings immer noch vor mich hin studiere.

Fast ein Jahr lang treibt mich diese Idee wie besessen zu meinem Studium an. Ich verändere mich auch äußerlich und laufe tatsächlich teilweise so gestylt herum, wie ich es bei den anderen immer bemängelt habe. Es dauert sehr lange, bis ich nicht mehr so häufig an Rick denken muss. Ich tue dies jetzt vielleicht nur noch zweimal am Tag, am Morgen und am Abend. Dazwischen zwinge ich mich, mein Leben zu leben. Ich gehe selten auf Partys, gebe mich mit einmaligen Bettgeschichten zufrieden, die alles andere als befriedigend sind und zahle eifrig die geliehenen tausend Euro an meine Eltern zurück.

»Du brauchst doch Geld«, sagt Doris eines Tages zu mir, als sie mich mal wieder besucht.

»Sag bitte nicht, dass du ein Herpes hast«, ermahne ich sie, bekomme aber nur ein genervtes Augenrollen zu Gesicht.

»Es geht um diese Messe: Sales-Marketing. Die suchen noch Hostessen …«

»Nein!«

»Messe-Hostess, Ela! Das ist völlig unverfänglich. Wir stehen nur da, sehen nett aus und verteilen Tüten mit Infomaterial an interessierte Kunden«, sagt sie mit einem Augenzwinkern. »Und du verdienst mit wenig Zeitaufwand viel Geld.«

»Wie viel?«

Doris lacht. »Hundert Euro pro Tag.«

»Wie lange?«

»Freitag bis Sonntag.«

»Das wäre nicht schlecht. Dann könnte ich endlich meinen Eltern einen ganzen Schwung von dem geliehenen Geld zurückgeben«, denke ich laut und ehe ich mich versehe, sage ich: »Ich bin dabei.«

»Gut, ich habe dein Foto nämlich schon mit meiner Bewerbung abgegeben und die haben gesagt, du kannst kommen.«

»Hmpf«, kann ich nur machen, weil ich mich nicht wirklich über sie ärgere.

An dem Messe-Wochenende trägt Doris ihre Sophia-Perücke, weil sie zu faul ist, ihre Haare zu stylen. Ich frage mich, wie sie es den ganzen Tag unter der Haube aushält. In der U-Bahn gibt sie ein paar Details preis. Bis dahin habe ich mich wenig dafür interessiert. »Wir sind für eine Firma vor Ort, die Werbegeschenke verkauft.«

Wir bekommen eine Art Uniform: Elegant und nicht zu sexy, wie ich beruhigt feststelle. Sogar ein neckisches Halstuch gehört dazu. Um halb neun stehen wir am Stand. Dort werden bedruckte Regenschirme und Firmenbekleidung ausgestellt. Kleinere Dinge, wie

Schreibutensilien, Kaffeebecher oder Lippenpflegestifte mit dem Logo einer Firma werden verschenkt. Von uns.

Doris und ich lächeln uns durch den Tag, führen einige kurze Gespräche und geben fleißig Werbematerial aus. Plötzlich taucht Professor Meyer an unserem Stand auf und geht lächelnd auf Doris zu. »Das ist aber eine Überraschung, Sophia!« Dann sieht er mich und sagt leicht irritiert: »Sie sind doch eine meiner Studentinnen?«

»Ja, Herr Meyer, ich bin Raffaela Winkler.«

»Richtig!« Er deutet zwischen Doris und mir hin und her: »Die Damen kennen sich?«

»Ja«, bestätigt Doris alias Sophia. »Wir wohnen im selben Haus.«

Ich nicke freundlich, weil ich genau weiß, dass der Prof sich gerade die Frage stellt, ob ich etwas über seinen Hostessentick weiß.

»Ela, ich habe dir doch von dem netten Herrn erzählt, mit dem ich ab und zu in die Oper gehe, weil ich sonst niemanden habe, der diese Begeisterung mit mir teilt«, sagt Doris einfach und der Prof entspannt sich etwas.

»Ach ja.«

»Und das ist er«, betont sie mit einem Lächeln.

»So ein Zufall! Was führt Sie auf die Messe, Herr Meyer?«, frage ich interessiert.

»Ich bin heute hier, weil ich morgen mit den Erstsemestern komme und da wollte ich heute schon einmal eine Runde drehen, um zu sehen, wo es sich lohnt vorbeizuschauen.«

Herr Meyer lässt sich von uns einen Lippenpflege-stift schenken, den er sofort einsetzt. Dann schlendert er gemütlich weiter.

»Puh«, mache ich und Doris boxt mich in die Seite: »Das gibt es doch nicht. Ich hatte keine Ahnung, dass er dein Prof ist. Er hat mir nie erzählt, was er beruflich macht. Stell dir vor, ich würde Wirtschaftswissenschaf-ten studieren und hätte ihn dort getroffen!«

Ich zwinge mir ein Lächeln ab: »Ja, stell dir das mal vor!«

»Da vorne ist unser Stand, ganz am Ende der Halle, Süße. Geh doch schon einmal vor«, höre ich plötzlich eine mir bekannte Stimme.

Bevor ich denken kann, verschanze ich mich hinter einer Werbestellwand und spähe um die Ecke. Da ist er. Rick. Mit einer Frau, einer brünetten Schönheit steht er da und das Schlimmste: Er hat sie Süße genannt. Das ist mein Kosename! Sämtliche verdrängten Emotionen brechen in mir zusammen und fallen erbarmungslos über mich her.

Er küsst sie auf die Wange, sie lächelt glücklich und sagt: »Mach nicht zu lange.« Er raunt ihr etwas ins Ohr und ich spüre, dass dieser Mann es immer noch schafft, mein Herz zum Rasen zu bringen, auch wenn er es höchstpersönlich gebrochen hat.

»Ela?«, ruft Doris und späht neugierig um die Stell-wand. »Was ist denn mit dir los? Was machst du da hin-ten?«

»Bitte, ich brauche einen Moment, kümmerst du dich um die Leute?«, winsele ich erbärmlich und sie gibt mir zu erkennen, dass ich mich auf sie verlassen kann. Dann zieht sie sich sofort zurück, um keine weitere Aufmerksamkeit auf mich zu ziehen.

Da höre ich Ricks Stimme. »Ah, hier geht es um Werbegeschenke.«

»Ja, gut erkannt«, sagt Doris. »Interessieren Sie sich für etwas Bestimmtes?« Die beiden machen eine Weile Small Talk, während ich hinter der Werbetafel auf den Boden sinke und völlig von der Rolle bin. Ich bin eine 29-jährige alte Schachtel, die sich in einen Mann verliebt hat, der ihr, außer dem besten Sex ihres Lebens, niemals mehr geben wird. Da scheint es dieser Schönheit, mit der er sich hier so offiziell als Paar zeigt, besser zu gehen. Grrr!

Als Rick nach einer gefühlten Ewigkeit endlich weitergezogen ist, komme ich wieder hinter der Stelltafel hervor. Doch als ich Paul vorbeigehen sehe, kehre ich sofort wieder um.

»Raffaela?«, fragt er aber schon in meine Richtung und ich muss mich ihm zuwenden.

»Hi«, sage ich dämlich und hebe die Hand. Er freut sich wirklich, mich zu sehen und fragt. »Sind Sie schon fertig mit dem Studium?«

»Endspurt.«

Doris ist sofort an meiner Seite: »Willst du uns nicht vorstellen?«

»Wie denn?«, frage ich, weil ich nicht weiß, ob sie Doris oder Sophia sein will.

»Scherzkeks«, sagt Doris und ergänzt: »Ich bin Doris, Raffaelas Nachbarin.«

»Paul hat eine Freundin«, sage ich trocken und ernte einen bösen Blick von Doris und einen heiteren von Paul.

»Eine Frau!«, korrigiert er mich.

»Wirklich? Das freut mich für Sie! Wann haben Sie geheiratet?«

»Vor zwei Monaten«, sagt Paul und Doris meint: »Ja, herzlichen Glückwunsch! Auf Wiedersehen.«

Paul geht weiter, kommt aber noch mal zurück, um zu fragen: »Sind Sie das ganze Wochenende da?« Ich bestätige und Paul meint: »Dann sehen wir uns noch öfter. Hat Rick Sie schon gesehen?«

»Jaja, wir haben schon geredet«, lüge ich einfach, weil ich vermeiden möchte, dass Paul sofort Rick über meine Anwesenheit informiert.

Als Paul weitergegangen ist, spüre ich Doris' Blick im Rücken. »Dieser Rick, das war doch der Hübsche, vor dem du in Deckung gegangen bist, oder?«

»Nein«, lüge ich und Doris stemmt die Hand in die Hüfte: »Erst dachte ich schon, dass du wegen dem Meyer hinter der Stellwand stehst und so laut schnaufst, aber dann …«

Glücklicherweise werden wir von weiteren Messebesuchern abgelenkt und sind zu beschäftigt, um private Gespräche zu führen. Am Stand der Richard Beckmann Group scheint es ebenso geschäftig zuzugehen, weil ich niemanden in meiner Nähe sehe, den ich kenne. Als ich ein bisschen Freiraum habe, schleiche ich mich durch die Halle und nehme den Stand heimlich ins Visier. Da steht Rick und redet mit einem potenziellen Kunden. Ich kann die Augen nicht von ihm lassen.

»Kann ich Ihnen helfen?«, höre ich eine Frauenstimme hinter mir. Ich stehe an irgendeinem Stand und habe nicht die geringste Ahnung, was da ausgestellt wird.

»Ich … öhm …«, stottere ich.

»Sind Sie auch Hostess?«, fragt die kleine Frau und betrachtet meine Uniform.

»Ja, ich habe kurz Pause und wollte mich in der Halle umsehen.«

»Und da verstecken Sie sich bei uns, um die Beckmann Group zu beobachten?«

»Öhm … nun ja. Ja«, gebe ich einfach zu und die schwarzhaarige Frau folgt meinem Blick. »Ja, er sieht auch wirklich toll aus. Der Blonde aber auch. Ich wäre auch gerne Hostess an dem Stand, aber wie es aussieht, hat der Beckmann seine Freundin mitgebracht, die das übernimmt.«

Wir schmachten beide Rick an, während wir Giftpfeile auf die Brünette schießen. Und da sehe ich, dass er die John-Lennon-Krawatte trägt. Meine Krawatte!

Ich schlucke und frage mit rauer Stimme: »Was ist denn mit seiner Frau?«

»Keine Ahnung. Wusste gar nicht, dass er eine hat. Soll ich mich umhören?«

»Ja«, sage ich sofort. »Ich komme wieder vorbei.«

»In Ordnung, ich bin das ganze Wochenende da.«

»Super, aber das bleibt unter uns, ja?«

»Klar«, meint die Frau und ich schlendere wieder zurück zu meinem Stand, weil Doris jetzt eine kleine Pause macht.

Kapitel 12

*A*m Abend begleitet mich Doris in meine Wohnung und setzt sich auf meine Couch. »Jetzt erzähl schon«, sagt sie nur und ich erzähle ihr alles, naja, fast alles. Dass Rick der Mann ist, den ich als Sophia kennengelernt habe, verschweige ich ihr, weil mir das alles selbst zu kompliziert ist. Ich beginne einfach bei der Vorlesung und der Tatsache, dass sofort eine greifbare sexuelle Spannung zwischen uns entstanden ist, die sich dann bei meinem Praktikum entladen hat.

»Wegen diesem Kerl bist du also seit einem Jahr für jeden Mann unantastbar?«

»Nicht unantastbar. Er hat mich einfach für jeden nachfolgenden Mann verdorben.«

»Dein Herz ist unantastbar, Ela.«

Ich nicke, weil es stimmt und ich es genauso empfinde.

»Hast du ihm gesagt, dass du ihn liebst?«

»Wir haben nie über unsere Gefühle gesprochen. Wir hatten einfach atemberaubenden Sex.«

»Die Brünette, war das seine dürre Frau? Die sah doch ganz gesund aus?«

»Nein, das war nicht seine Frau. Keine Ahnung, was mit der ist, aber ich habe nur diesen Brief und der ist ein Jahr alt.« Kurzerhand gebe ich ihr den Brief, den er mir geschrieben hat. Es tut so gut, endlich mit jemandem über meine damaligen Erlebnisse zu sprechen!

Doris ist wirklich gerührt von dem Brief und stellt sofort fest: »Die Krawatte, die er da erwähnt …«

»… die hatte er heute an«, beende ich den Satz für sie.

»Wie willst du dich das ganze Wochenende vor ihm verstecken? Er kommt jedes Mal an unserem Stand vorbei, wenn er zu seinem geht.«

»Ich brauche deine Hilfe.«

Sie nickt und klopft mir auf die Schulter. »Wie wäre es mit Michelle?«

Ich lache über ihren miserablen Versuch, mich abzulenken. »Ich meine das ernst«, sagt sie und ich weise den Gedanken weit von mir, da ich Rick als Sophia kennengelernt habe. Er wird nicht ein zweites Mal darauf hereinfallen. Oder doch? »Klar machen wir das. Ich gebe dir Schützenhilfe. Wir polstern deinen Busen auf und schminken dich bis zur Unkenntlichkeit«, schlägt Doris vor.

»Da muss ich noch einmal eine Nacht darüber schlafen.« Ich wundere mich über mich selbst, weil ich eigentlich nie wieder so etwas Bescheuertes tun wollte, außer vielleicht im Karneval.

Am nächsten Morgen stolziere ich in High Heels neben Doris alias Sophia her. Heute bin ich Michelle. Ich bin blond, habe riesige Busen und damit meine ich wirklich riesige, weil eigentlich sind meine echten Brüste auch nicht ganz winzig. Sogar eine Unterhose mit Po-Polster trage ich. Ich fühle mich so richtig, wie sich eine Sexbombe fühlen muss, und es ist erstaunlich, wie viele interessierte Männerblicke mir zufliegen. Doris hat mich beim Schminken unterstützt. Ich trage sogar falsche Wimpern, meine Lippen sind so geschminkt, dass sie voller aussehen. Auf einen Zahn haben wir ein Schmucksteinchen geklebt, was vom Rest meines nicht ganz makellosen Gebisses ablenkt. Ich würde mich selbst nicht erkennen, wenn ich mich träfe. Doris kichert die ganze Zeit neben mir und ich kann mich selbst kaum zurückhalten.

»Vergiss nicht, wenn jemand vorbeikommt, den du kennst, musst du dich einfach blöd stellen. Das ist ganz einfach«, belehrt mich Doris.

»Wie denn blöd, Sophia?«, frage ich mit piepsiger Stimme.

»Du musst langsamer reden, als ob du an Sex denkst.«

Ich kann ein Prusten nicht zurückhalten.

»Nicht lachen! Ich wette, er kennt dein Lachen drei Meilen gegen den Wind.«

»Eher mein Stöhnen«, flüstere ich und Doris macht große Augen.

Wir betreten unsere Halle und postieren uns an unserem Stand. Es dauert nicht lange, da warnt mich Doris. »Deine Kollegen und ER sind im Anmarsch.«

Ich versuche, einfach ganz entspannt und sexy zu sein, wie man eben so als Sexbombe dasteht. Rick würdigt mich keines Blickes, als er vorbeieilt, und auch seine brünette Freundin, die sich bei ihm untergehakt hat, schaut mich nicht an. Paul, der in etwas größerem Abstand vorbeigeht, verlangsamt seinen Schritt und sieht mich interessiert an. Ich lächele übertrieben und Paul fragt Doris: »Doris, wo ist denn Raffaela heute?« Dabei sieht er mich verwirrt an.

»Die musste kurzfristig absagen. Hat eine heiße Affäre mit einem Millionär und ist kurzfristig nach New York geflogen«, erklärt Doris und ich drängele mich an sie, um ihr Einhalt zu gebieten.

»Merkwürdig.«

»Aber wir haben eine nette Vertretung gefunden. Das ist Michelle.« Paul nickt mir zu und starrt auf meinen Busen, wenn auch nur ganz kurz.

»Ja, ich bin Michelle«, sage ich total dämlich und nicke heftig.

Zwischen Pauls Augenbrauen bildet sich eine Sorgenfalte. Endlich löst sich sein Blick von mir und beim Weggehen sagt er: »Ich muss los. Grüßt Raffaela von mir, wenn ihr sie seht. Sie soll das mit ihrer Bewerbung nicht vergessen, falls es mit dem Millionär doch nichts wird.«

Ich grinse ihm nach, diesmal allerdings, weil ich mich wirklich freue. »Paul ist wirklich so ein netter Kerl«, sage ich zu Doris, die sich neben mich stellt, während wir ihm nachstarren. Als Paul sich noch einmal zu mir umdreht, winken wir ihm fröhlich zu. Er ringt sich ein Lächeln ab und macht sich davon.

»Den hast du erfolgreich in die Flucht geschlagen. Der wird sich nicht mehr hierhertrauen«, sagt Doris und ich grinse: »Ich glaube, ich habe das mit der Messe-Hostess falsch verstanden.«

Doris kreischt vor Vergnügen und der Tag scheint doch noch ein ganz guter zu werden, bis ich mich in meiner kurzen Pause an den Stand schleiche, der schräg gegenüber der Beckmann Group liegt. Die Frau erkennt mich natürlich nicht wieder.

»Ich bin es, die Rothaarige von gestern«, flüstere ich und die Frau lacht so laut auf, dass sogar die Beckmann-Group-Mitarbeiter kurz zu uns sehen. Da drängele ich die Frau weiter nach hinten in ihren Stand und frage: »Haben Sie etwas herausgefunden?«

»Sind Sie eine Wirtschaftsspionin?«, fragt sie und mustert mich von oben bis unten, bis ich deutlich verneine. »Was ist denn nun Ihr echtes Outfit?« Ich sehe sie mit einem Blick an, der ihr eindeutig zu verstehen gibt, dass die vollbusige Blonde nicht ich bin. »Oh, Entschuldigung.«

Dann bekomme ich endlich meine Informationen. »Also, ich habe gehört, der Beckmann lebt von seiner Frau getrennt. Die Scheidung läuft, aber er hat das Single-Leben nicht lange genossen. Die Brünette hat sich ihn gekrallt, heißt es, bei einer Abendveranstaltung.«

Ich werde zornig. Er trennt sich von seiner Frau und meldet sich nicht bei mir, sondern lässt sich von dieser Tussi abschleppen?

»Kennen Sie Herrn Beckmann?«, fragt mich die Frau nun.

»Ich liebe ihn.«

Dann verlasse ich ihren Stand auf dem offiziellen Weg und schleiche wie in Trance am Stand der Beckmann Group vorbei. Da ich kurz als potentieller Kunde wahrgenommen werde, sehen mich alle freundlich an.

Paul, der merkt, dass ich nicht die Michelle bin, die er vor einiger Zeit kennengelernt hat, fragt mich besorgt: »Michelle? Fühlen Sie sich nicht gut?« Ich winke einfach ab und gehe weiter.

Die Brünette fragt Paul: »Wer ist die denn?«

Ich drehe mich um und gehe zu ihr hinüber. Mit tiefer verstellter Stimme fahre ich sie an: »Niemand. Ich bin niemand. Ich bin die blöde Michelle mit dem großen Busen und dem fetten Arsch. Jawohl. Wissen Sie jetzt Bescheid?«

Rick, der hinter seiner Freundin mit einem weiteren Kollegen geredet hat, unterbricht sein Gespräch, um sich einzumischen.

»Was ist denn los? Gibts Probleme?«, fragt er und schaut eher seine Freundin an als mich.

Ich wende mich ab und sehe, wie die Frau am gegenüberliegenden Stand einen Daumen in die Luft hebt und sich ins Fäustchen lacht. Beim Weggehen sage ich: »Der Süßen geht es gut. Machen Sie sich nicht ins Hemd.«

»Hören Sie mal. Sie können doch nicht so mit uns reden!«, erwidert Rick und ohne mich umzudrehen, zeige ich ihm den Stinkefinger und gehe weiter.

»Also, das ...«, höre ich Rick und dann sagt Paul: »Lass gut sein, Rick. Bleib da, ich rede mit ihr.«

Schnell gehe ich zurück zum Stand zu Doris und falle ihr in die Arme. Sie hält mich fest und versucht, mich zu trösten.

»Was hat Ihre Freundin denn?«, fragt Paul, der mir gefolgt ist.

»Mein Leben ist zu Ende«, plärre ich in Doris' Uniform.

»Sie hat sich einen Fingernagel abgebrochen«, erklärt Doris ganz locker. Ich kann aber an ihrer Stimme hören, dass sie sich beherrschen muss, um nicht mit mir mit zu weinen. »Das passiert ständig. Tagelanges Geheule, bis er wieder ein Stück gewachsen ist.«

Nach einer Weile haucht Doris: »Er ist weg.«

Ich will mich nicht von ihr lösen. »Reiß dich jetzt gefälligst zusammen, geh auf die Toilette, schmink dich frisch und dann sei ein Mann und zeig, dass du ein paar Eier in der Hose hast«, sagt sie so laut, dass einige Messebesucher kopfschüttelnd an uns vorbeigehen. »Sie will sich operieren lassen«, erklärt Doris und ich lache schon fast wieder.

Nach einer halben Stunde bin ich wieder einigermaßen ansehnlich am Stand zurück und Doris gönnt sich ihre Pause. Sie ist gerade wieder da, als Professor Meyer mit den Erstsemestern vorbeikommt. »Ah, Sophia, wie schön, Sie zu sehen! Wo ist denn Frau … öhm … Winkler?«, fragt der Prof und dann sieht er mich an, wobei er seine Brille aus dem Jackett fischt und aufsetzt, um mich näher zu betrachten.

Da dreht sich Doris zu mir um und flüstert: »Deckung!«

Ich verstehe und krieche sofort hinter die Werbetafel, als ich Ricks Stimme höre.

»Ernst, zeigst du deinen Studenten wieder die hübschesten Hostessen?« Der Prof und einige Studenten lachen.

»Geht schon mal weiter«, sagt Meyer amüsiert zu seinen Studenten und dann höre ich, wie er fortfährt: »Teilweise sind ja die Studenten selbst die Hostessen.«

Anscheinend schaut Rick dabei zu Doris, weil der Prof ergänzt: »Nein, ich meine diese Studentin, die bei dir dieses Praktikum gemacht hat. Diese hübsche Rothaarige.«

Jetzt höre ich plötzlich Paul: »Ja. Raffaela Winkler. Die war gestern hier.«

»Raffaela?«, höre ich Ricks dünne Stimme und muss meine Tränen zurückhalten. Nicht schon wieder! Diesmal nicht.

»Ja, ihre Kollegin hier hat erzählt, sie sei ... mit einem Millionär nach New York durchgebrannt«, erklärt Paul und hört sich dabei merkwürdig an.

»Und wissen Sie auch warum?«, mischt sich Doris ein und am liebsten würde ich aus meinem Versteck preschen, um sie zu knebeln, weil sie sich so anhört, als käme sie gerade in Schwung. »Weil sie unsterblich verliebt ist, in einen Mann, der erst seine Ehefrau nicht verlassen wollte und als er es endlich getan hat, die nächstbeste Brünette aufgabelt.«

»Aber ...«, sagt Rick.

»Nichts aber. Sie ist todunglücklich, seit einem Jahr ist sie zur Streberin mutiert, muss zum Feiern genötigt werden und bricht reihenweise die Herzen anderer Männer. Sie sind schuld. Sie alleine.«

Oh Gott. Ich möchte nicht hier sein.

Paul brummt leise: »Sie hat gesagt, sie hätte dich schon gesprochen.«

»Einen Teufel hat sie!«, höre ich Rick sagen und er klingt verzweifelt, echt verzweifelt.

»Schatz, was ist hier los?«, ertönt die Stimme der Brünetten.

»Nicht jetzt, Süße«, sagt Rick und jetzt muss ich doch heulen. Ich halte mir die Hand vor den Mund, um nicht zu schreien.

»Liebe Sophia«, bringt sich der Prof jetzt in das Gespräch ein. »Sie können doch nicht so mit Herrn Beckmann reden. Sie kennen sich doch gut oder haben Sie das schon wieder vergessen?« Mein Herz bleibt stehen, jedenfalls glaube ich das.

Paul sagt: »Ich dachte, Sie heißen Doris?«

Die Fragezeichen, die in den Gesichtern von Doris und Rick stehen, kann ich sogar hinter der Reklametafel spüren und als der Prof sich verhaspelnd weiterredet, werde ich noch kleiner: »Aber … das ist meine Sophia, Rick, du warst doch mit ihr beim Essen und danach …«

»Ach, du Scheiße!«, sagt Doris und Rick haucht gleichzeitig: »Das ist deine Sophia?«

»Aber ja, wir gehen einmal im Monat in die Oper, nicht wahr, Sophia?«, ereifert sich der Prof.

»Alter Schwede!«, sagt Doris und Rick raunt: »Das ist nicht die Sophia, mit der ich beim Essen war. Ich war mit Raffaela essen.«

»Wer ist Raffaela?«, höre ich die schneidende Stimme der Brünetten.

»Entschuldigung«, mischt sich eine weitere weibliche Stimme in das Gespräch ein und ich brauche einen Moment, bis ich erkenne, dass es sich um die kleine Frau handelt, die mir die Informationen über Ricks Frau gebracht hat.

»Wer sind Sie? Raffaela?«, schimpft die Brünette und die Frau räuspert sich, bevor sie mit leiser gepflegter Stimme sagt: »Ich habe zufällig Ihr Gespräch mitverfolgt, wie die meisten anderen in dieser Halle auch. Ist Raffaela rothaarig?«

»Ja«, höre ich es aus dem Mund mehrerer Personen.

»Gestern war sie rothaarig«, beginnt die Frau. »Heute ist sie blond.«

»Raffaela, lauf«, höre ich Doris in meine Richtung schreien.

Als ich mich mit meinen High Heels mühsam aufrappele, höre ich mehrere Personen gleichzeitig etwas rufen.

Paul ruft amüsiert: »Das gibt es doch nicht.«

Die Brünette schimpft: »Dieses blonde Flittchen, das mich blöd angeredet hat?«

Professor Meyer sagt: »Na, das ist ja höchst faszinierend.«

Die Frau, die mein Geheimnis gelüftet hat, flüstert: »Sie sagte auch, dass sie Sie liebt.«

Am lautesten höre ich Rick, der Doris' Blick in meine Richtung wohl richtig gedeutet hat: »Versteckt sie sich etwa da?«

Ich renne los und höre ihn hinter mir herrufen: »Raffaela! Warte!«

Gleichzeitig ruft Doris: »Sei ein Mann, Ela. Die hauen auch immer ab, wenn es ernst wird.«

Und ich höre die Brünette: »Schatz, bleib sofort stehen. Ich muss mit dir reden.«

Unterm Laufen ziehe ich die High Heels aus und renne um mein Leben. Es ist natürlich peinlich, weil ich aufgeflogen bin, wieder einmal. Noch viel schlimmer ist es aber, dass Rick weiß, wie sehr er mich verletzt hat. Ich wollte ihn das nie wissen lassen, niemals. Unterwegs bekomme ich einige geschmacklose Kommentare zugeworfen, wie zum Beispiel: »Kennst du den schnellsten Blondinenwitz?« Oder: »Sport-BH zu Hause vergessen?«

Ich schaffe es wie durch ein Wunder, ohne aufgehalten zu werden, in meine Wohnung. Dort klingelt das Telefon. Es ist Doris. »Ela, lebst du noch?«

»Ja. Bin ich meinen Job los?«

»Eher nicht. So wie es aussieht, habe ich alle Hände voll zu tun. Unser Stand ist nie leer. Wie geht es dir?«

»Beschissen.«

»Ich habe bald Feierabend, dann komme ich dich besuchen.«

»Telefonieren Sie mit ihr?«, höre ich Ricks Stimme im Hintergrund.

»Bitte verlassen Sie den Stand. Sie haben alle Artikel bereits gesehen«, kontert Doris und dann höre ich wieder die Stimme der Brünetten: »Schatz, ich will jetzt endlich mit dir reden. Ansonsten ist es aus, sofort.« Die Drohung klingt ziemlich leer.

Doris spricht wieder zu mir: »Er will unbedingt mit dir reden, Ela. Was soll ich machen?«

»Oh Gott, bring ihn bloß nicht mit. Ich halte das nicht aus, nicht nach dem, was eben war.«

»Schon kapiert. Ich denke eh, dass er eine ganze Weile mit seiner Freundin beschäftigt sein wird. Ich schleiche mich nachher davon, dann kann er mir nicht folgen.«

Da seufze ich: »Er hat meine Adresse! Ich habe doch ein Praktikum bei ihm gemacht.«

»Stimmt«, sagt sie und dann höre ich sie brüllen: »Halten Sie sich gefälligst von ihr fern, haben Sie verstanden? Es reicht schon, dass Sie ihr einmal das Herz gebrochen haben. Das kann der beste Sex der Welt nicht wieder gutmachen.« Doris kichert, weil im Hintergrund eine Schimpftirade der Brünetten zu hören ist. Rick tut mir beinahe leid, aber eben nur beinahe. »Diese Messe wird von Tag zu Tag besser, Ela. Wer weiß, was morgen noch so alles passiert?«, sagt Doris und legt auf.

Morgen. Genau. Ich muss noch einmal da hin!

»Wieso hast du es nicht gleich gesagt, dass der Beckmann der Freund vom Meyer ist? Und damit dein One-Night-Stand, den der Meyer mir angedichtet hat«, sagt Doris später, als wir uns gemeinsam über eine Packung Salzstangen hermachen.

»Sei nicht sauer auf mich.«

»Ich bin nicht sauer. Aber wenn ich das gewusst hätte, dann hätte ich vielleicht noch regulierend eingreifen können. Obwohl, dann wäre es nur halb so lustig geworden«, grinst Doris und knabbert an einer Salzstange.

»Ja, sehr lustig!«, bestätige ich deprimiert und schiebe mir fünf Salzstangen auf einmal in den Mund wie ein Hase, der einen Löwenzahn knabbert.

»Wir brauchen einen Schlachtplan für morgen«, sagt Doris und zählt an ihren Fingern ab: »Erstens, du wirst besser aussehen als die Brünette, was für dich kein Problem ist. Zweitens, du lässt den Kerl links liegen. Drittens, du musst dich bei dem Blonden entschuldigen. Der war völlig durch den Wind. Viertens, die kleine Frau, die dich verraten hat, will dich sprechen. Sie hat ein ganz schlechtes Gewissen. Fünftens, du machst die Brünette fertig.«

»Klar, und ganz nebenbei erledigen wir den Job, den wir eigentlich dort machen sollen.«

Kapitel 13

Doris erscheint am nächsten Morgen mit einem Glätteisen bei mir. Sie stylt mich so gekonnt, dass meine gekräuselten Locken zu feinen Wellen werden und mehr als edel aussehen.

»Die Sommersprossen lassen wir aber. Die gehören zu mir.«

»Natürlich«, lächelt Doris und sieht mir zu, wie ich mich dezent schminke. Bei den High Heels bleibe ich, weil ich dadurch größer bin als die Brünette auf High Heels. Falls es zum Zweikampf kommt, bin ich ihr zumindest von der Größe her überlegen und notfalls kann ich ihr mit meinen Absätzen die Augen ausstechen.

»Auf in den Kampf!«, sagt Doris kurz vor der Halle, die unser Einsatzgebiet ist. Sie zückt ihr Smartphone und ruft freudestrahlend: »8.000 Klicks.«

»Was?«, frage ich und höre eigentlich nicht hin, weil ich so nervös bin.

»YouTube. Jemand hat das Gespräch gestern eingestellt.«

Ich bleibe stehen. »Sag, dass das nicht wahr ist.«

Doris zuckt entschuldigend mit den Schultern. »Sieh mich nicht so an. Ich war es nicht. Ich bin ja selbst zu sehen. Bin heute Morgen zufällig drauf gestoßen, weil ich mich über die Messe informiert habe. Dein Video hat auch schon einige Klicks.«

»Mein Video?«, kreische ich entsetzt und Doris hält

149

mir ihr Smartphone vor die Nase. Ich sehe mich, wie ich wie eine Verrückte aus der Messehalle renne. Das Video heißt »Raffaela, die rasende Blondine. Sales-Marketing-Messe«.

»Ich … wieso … puh! Du …«, versuche ich zu sagen, aber Doris drückt mich einfach in die Halle. »Ela, ich schwöre dir, ich beschütze dich mit meinem Leben.«

»Doris, du weißt schon, wir sind hier im realen Leben. Das ist keines deiner verrückten Kostüme und ich bin keine Phantasieperson, die sich nachher wieder die Perücke auszieht«, flüstere ich ihr zu, während sie fröhlich lächelnd neben mir hergeht. Wir sind der Mittelpunkt der Aufmerksamkeit, als wir zu unserem Stand gehen.

»Lächeln, Ela, lächeln!«, säuselt Doris und ich lächele tatsächlich, obwohl mir nicht danach ist. Am Stand stellen wir uns nebeneinander auf und Doris redet mit einem starren Lächeln auf mich ein. »Sieh es wie ein Spiel. Die neue Runde beginnt, alle Karten neu gemischt. Wir werden uns behaupten. Rücken gerade, Brust raus.«

Erstaunlicherweise folge ich schon wieder und lächele sogar einen Mann an, der uns offensichtlich mit seinem Smartphone filmt, während er an unserem Stand vorbeigeht.

Als Erster erscheint Paul und schlendert gemütlich auf mich zu. Ein schiefes Lächeln umspielt seinen Mund. »Na Michelle oder Sophia oder doch lieber Raffaela? Wer bist du heute?«

»Paul«, beginne ich und er lacht auf, weil er meinen

verzweifelten Versuch, ein Gespräch zu beginnen, als Antwort auf seine Frage auffasst. Da bemerke ich schon wieder ein Smartphone, das auf mich gerichtet ist, und rufe laut: »Wenn Sie dieses Video auf irgendeiner Internetplattform hochladen, dann verklage ich Sie, dass Sie sich wünschen, Sie wären niemals geboren worden.«

»Und ich dazu«, ergänzt Paul, bevor er sich mir wieder zuwendet und abwartet. Der junge dunkelhäutige Mann mit den Rastalocken verzieht sich ertappt. »Es tut mir leid, Paul. Ich wollte dich nicht veräppeln.«

Paul nickt immer noch leicht lächelnd. »Schon gut, Raffaela. Ich glaube, ich kann verstehen, was dich dazu gebracht hat. Und ich finde es durchaus positiv, dass wir uns endlich duzen. Das mit der Bewerbung meine ich immer noch so, nachdem es mit New York nicht geklappt hat.«

»Doris hat sich geirrt. Wir waren nicht in New York, sondern bei *New Yorker*.«

Paul grinst mich an, während er sich rückwärts vom Stand entfernt. Er nickt mir zu, wendet sich ab und geht.

»Punkt 3 erledigt«, sagt Doris verschwörerisch.

»Was war gleich noch einmal Punkt 1?«

»Erledigt, Ela, erledigt«, sagt sie nur und da fällt es mir wieder ein. »Hey, Ela, hinter dir. Punkt 4«, flüstert Doris und deutet mit einem Kopfnicken hinter mich. Ich drehe mich um und da steht die kleine Hostess aus dem anderen Stand.

»Hallo«, sagt sie leise und lächelt mich verlegen an. Wir gehen hinter die Werbewand, die wahrscheinlich genau zu dem Zweck aufgestellt wurde, damit ich mich dahinter verstecken kann. Jedenfalls kommt es mir so vor. »Ich wollte nicht petzen, ehrlich, aber irgendwie konnte ich mich nicht länger zurückhalten. Ich hatte ja keine Ahnung, dass Sie hier stehen«, erklärt die kleine Frau und traut sich kaum, mich anzusehen.

»Schon gut, eigentlich hat es mir ja ganz gut gefallen, wie die Brünette ausgeflippt ist.«

»Mir auch.« Und auf einmal duzen wir uns. »Weißt du, ich kann sie ja fast den ganzen Tag beobachten, wie sie an dem Stand ist und sie ist so dermaßen eingebildet, überheblich und zickig, dass es kaum auszuhalten ist. Ich habe mich einmal kurz mit ihr unterhalten und da hat sie mir sofort zu verstehen gegeben, dass sie keine gewöhnliche Hostess ist, sondern die Freundin von Herrn Richard Beckmann, dem Richard Beckmann der Beckmann Group.« Die kleine Frau macht die Brünette so gekonnt nach, dass ich kichern muss. Sie lächelt mich an. »Also sind wir nicht zerstritten?«

»Nein! Bleiben wir in Kontakt?«

»Gerne«, sagt sie und zückt eine Visitenkarte ihres Standes. Ich nehme eine von meinem Stand und dann kritzeln wir unsere Namen und Telefonnummern auf die Karten.

»Halt mich auf dem Laufenden«, raune ich ihr noch zu und lese ihren Namen. »Mui?«

»Ja, meine Mutter kommt aus Malaysia.« Als ich sie mir jetzt genauer ansehe, stelle ich tatsächlich einen Hauch von Asien fest. Sie winkt mir und geht zurück zu ihrem Stand, als ich ein leises Raunen durch die

Halle wandern höre, das sich vom Eingang her ausbreitet. Doris streckt ihren Kopf aus dem Stand und wirft mir einen Blick zu. »Punkt 2 in Anmarsch.«

Instinktiv strecke ich meinen Rücken durch und spreche freundlich ein Paar an, um es in ein Gespräch zu verwickeln. Gerade noch rechtzeitig, weil Rick am Stand vorbeigeht. Er verlangsamt seinen Schritt und bleibt stehen. Ich versuche, ihn nicht zu beachten, was mir aber schwer fällt. Doris haucht zu mir: »Punkt 2, Ela, vergiss nicht.«

Ich bemühe mich, dem Paar einige der Werbegeschenkartikel näherzubringen und gebe nach fünf Minuten die Hoffnung auf, dass Rick einfach weitergehen wird. Er bleibt stehen und scheint darauf zu warten, dass das Paar weiterzieht. Ich lasse sie noch lange nicht von der Angel und führe ihnen sogar den Regenschirm vor. Als sie sich verabschieden, habe ich das Gefühl, ich bin denen ziemlich auf den Geist gegangen.

Rick kommt langsam auf mich zu und da es auf einmal so schrecklich still um mich herum ist, höre ich seine leise Stimme ganz genau: »Raffaela.«

»Interessierst du dich auch für unsere Produkte?«

»Raffaela«, knurrt er mit leicht drohendem Unterton und kommt mir noch näher.

»Wir haben hier eine gute Auswahl. Da ist bestimmt auch etwas für dich dabei.« Ich weigere mich, ihn anzusehen, öffne eine Blechdose und erkläre: »Hier zum Beispiel: Das ist doch einmal etwas anderes, Pfefferminzpastillen in einer Dose, mit eurer Werbebotschaft darauf.«

»Soll ich meinen Kunden unterstellen, Sie hätten Mundgeruch?«

Um uns herum ertönt leises Gelächter.

»Oder hier: der Kaffee-to-go-Becher.«

»Raffaela«, raunt er wieder und legt seine Hand an meine, die immer noch den Becher umklammert.

Kurz erstarre ich, fange mich aber sofort wieder. »Dann haben wir noch den guten alten Schlüsselanhänger und natürlich Kugelschreiber …«

»Ich bestelle alles«, sagt er auf einmal laut.

»Alles?«

»Ja, aber hör endlich auf, mich mit diesem Quatsch vollzulabern.«

Aus der Umgebung höre ich ein gemurmeltes: »Uh.« Aber sonst fast nichts. Es ist viel zu still um uns herum für den morgendlichen Betrieb auf einer Messe. Weil ich meinem inneren Druck irgendwie ein Ventil bieten muss, schreie ich laut: »Wir drehen hier keine Seifenoper. Macht gefälligst Geräusche.«

Es wirkt. Sofort kehrt eine gewisse Unruhe in die Stände ein und ich wende mich Rick zu, der mich anlächelt. Nein. Ich lächele jetzt nicht zurück. Nein. Aber da ist es. Der Ansatz eines Lächelns. Ich kann es nicht unterdrücken.

»Kommst du, Schatz«, höre ich die schneidende Stimme der Brünetten hinter Rick.

Er dreht sich nicht einmal zu ihr um, als er sagt: »Gleich, ich mache hier noch eine Bestellung.«

Doris erscheint plötzlich neben uns und gibt ihm eine Tüte in die Hand: »Hier ist alles drin, auch das Bestellformular.«

»Warum bist du abgehauen, Raffaela? Und was sollte dieser Aufzug?«, fragt Rick plötzlich, während Doris mit der Tüte vor ihm herumwedelt.

»Du hast sie Süße genannt, Rick, mehrmals! Warum? Ich dachte, das wäre …« Ich gerate ins Stocken und er presst die Lippen aufeinander.

Dann nickt er geistesabwesend und murmelt: »Verstehe.« Er streckt sich kurz durch und scheint all seinen Mut zusammenzunehmen, um mich zu fragen: »Stimmt es, was die Frau gesagt hat? Du liebst mich?«

Ich verschränke die Arme und lege geringschätzig den Kopf schief. Punkt 2 habe ich nicht vergessen. »Was spielt das für eine Rolle?«

»Ja genau, Schatz. Was spielt das für eine Rolle?«, höre ich die Brünette, die uns an ihre Anwesenheit erinnert.

»Genau«, sagt auch Doris und Rick nimmt ihr endlich die Tüte aus der Hand.

»Für mich spielt es eine Rolle«, sagt er noch, bringt mich damit aber in Rage.

»Das sollte es aber nicht«, sage ich eiskalt. »Für dich sollten an erster Stelle einmal deine eigenen Gefühle eine Rolle spielen, bevor du dich um meine sorgst.«

»Schatz, komm jetzt!«, fordert die Brünette und schnippt in seine Richtung. Rick dreht sich um und geht mit der Brünetten den Gang entlang zu seinem Stand.

Die Leute fangen an, mir zu applaudieren und die Brünette und Rick werden ausgebuht. Das darf doch nicht wahr sein! Ich schreie ganz laut: »Nein, ich habe keinen Applaus verdient. Hört auf.«

Rick verlangsamt seinen Schritt und ich brülle: »Dieser Mann ist ein guter Mensch …«

Augenblicklich ist die ganze Halle still. Neben mir taucht der dunkelhäutige Mann mit den Rastalocken auf, der mich filmt, was mir aber in diesem Moment egal ist.

»… der Beste«, ergänze ich mit zitteriger Stimme und sehe Rick nach, der zwar stehen geblieben ist, sich aber nicht zu mir umdreht. Ich räuspere mich, weil mir Tränen in den Augen stehen: »Richard Beckmann ist ein netter Mensch. Er hat es nicht verdient, von euch ausgebuht zu werden.«

Mir wird bewusst, dass alle Augen auf mich gerichtet sind. Um das zu ändern, rufe ich etwas lockerer: »Seine Firma hat ihren Stand da hinten. Richard Beckmann Group. Es lohnt sich, da einmal vorbeizuschauen. Ich wette, das ist der beste Stand der Halle … gleich nach diesem hier natürlich.«

Dann ziehe ich mich in meinen Stand zurück.

»Krass«, höre ich den jungen Kerl sagen, der mich immer noch filmt. Er rennt glücklich davon und nach einer kurzen Schweigeminute kehrt der normale Messealltag wieder bei uns ein.

Doris klopft mir auf die Schulter. »Ich sehe schon. Punkt 2 hat keinen Sinn. Konzentriere dich lieber auf Punkt 5, Ela. Mach der Brünetten das Leben schwer.«

»Nein«, brumme ich. »Sie ist seine Freundin und er liebt sie, sonst wäre er nicht mit ihr zusammen. Solange sie mich in Ruhe lässt, lasse ich sie auch in Frieden.«

Später, als ich aus der Pause zurückkomme, sehe ich Rick bei Doris stehen und es sieht tatsächlich so aus, als würden die beiden streiten. Doris sagt etwas zu Rick und als dieser sieht, dass ich mich nähere, geht er schnell weg. Ich schaue sie fragend an: »Was war das denn?«

»Nichts worüber du dich sorgen musst, Ela«, sagt Doris mit einem Schulterzucken und geht in ihre Pause. Ich stehe in unserem Stand und bin unzufrieden mit dieser Aussage.

Miesepetrig sehe ich mich um, da bleibe ich an dem Blick eines jungen Mannes hängen, der im gegenüberliegenden Stand sitzt. Er nickt mir grüßend zu und als ich ihn verwundert ansehe, kommt er zu mir herüber. »Euer Stand ist ja gut besucht«, stellt er fest.

»Tja, bei den Tragödien, die sich hier so abspielen. Willst du eine Tüte mitnehmen?«

»Ja gerne, vielleicht bestelle ich bei euch etwas«, erklärt er mit einem Lächeln und kommt mir ganz nahe. »Er wollte irgendetwas über eine Sophia wissen. Hab es nicht genau verstanden, aber es fiel andauernd der Name und es ging um irgendein Essen.«

»Ah, danke.«

»Sie hat ihn aber ganz schön abserviert. Hat nichts erzählt«, grinst er mich noch an und geht mit seiner Tüte zu seinem Stand zurück. Nach einer Weile winkt er mich zu sich. »Brauchst du ein Feuerzeug?« Ich gehe zu ihm hinüber und er schenkt mir eines: »Da ist die Adresse unserer Firma darauf. Wir erstellen Homepages und pflegen diese auch.«

»Ah, interessant«, sage ich nur.

»Vielleicht brauchst du bald eine Homepage. Du bist ein richtiger YouTube-Star.«

»Echt?« Er zeigt mir das Video, das gerade eingestellt wurde. Mein Auftritt von heute Morgen!

»Oh nein!«, hauche ich nur.

»Meinst du, ihr habt die Chance auf ein Happy End?«

»Ich glaube, der Zug ist schon vor langer Zeit abgefahren«, gestehe ich verträumt und überlege, wann das wohl passiert ist.

»Schade, ich finde, ihr passt gut zusammen.«

»Ich muss mal kurz auf die Toilette. Passt du so lange auf den Stand auf?«, frage ich und der Mann nickt. »Klar, ich habe euch sowieso immer im Auge«, sagt er mit einem Zwinkern und ich marschiere lächelnd davon.

Langsam schlendere ich in den schmalen Gang, der zur Toilette führt, will gerade an der Herrentoilette vorbei, als die Tür aufgeht und Rick herauskommt. Schockiert bleibe ich stehen und weil unsere Blicke sich finden, erstarre ich. Rick geht es ähnlich. Er hat sich aber noch so unter Kontrolle, dass er mich kurzerhand in den gegenüberliegenden Raum schiebt, einen Wickel- und Stillraum. Er sperrt ab, obwohl die Tür ein Sichtfenster hat und ich spüre sofort diese knisternde Erotik, die zwischen uns herrscht, immer noch.

Ich gehe rückwärts, bis die Wand mir Einhalt gebietet und Rick kommt langsam auf mich zu. Als er mich erreicht, bin ich schon bereit, seinen warmen Kuss in Empfang zu nehmen, der nicht lange auf sich warten lässt. Wir sprechen kein Wort und es ist auch nicht gerade so, dass wir übereinander herfallen. Aber wir stehen bestimmt zehn Minuten in dem Raum und küssen uns so vorsichtig, als wären wir zerbrechlich. Bis eine Frau in den Raum will, um ihr Kind zu wickeln.

Sofort schiebe ich Rick von mir. »Ich kann das nicht Rick. Nicht noch einmal.« Bevor er etwas sagen kann, stürme ich aus dem Raum und flüchte auf die Toilette, die eigentlich mein Ziel gewesen ist. Keine Ahnung, wie Rick sich mit der Mutter verständigt, die mit ihrem Kind auf dem Arm den Wickelraum betritt. Ist mir auch egal.

Als ich an den Stand zurückkehre, ist Doris bereits von ihrer Pause wieder da. »Das war aber ein langes Geschäft«, sagt sie nur und wechselt einen Blick mit dem jungen Mann, der mir das Feuerzeug geschenkt hat. Die Messe ist so gut besucht, dass Doris und ich alle Hände voll zu tun haben.

»Sie waren doch einmal bei uns zum Essen?«, höre ich eine Mädchenstimme. Als ich aufsehe, erkenne ich sofort Marie, Ricks Tochter.

»Ja, dass du dich noch daran erinnerst!«

»Mir sind damals schon Ihre schönen Haare aufgefallen.« Ich sehe, dass sie ihr Haar orangefarben getönt hat.

»Bist du mit deinem Vater hier?«, frage ich, obwohl ich es mir denken kann.

»Ja, er hat seinen Stand da hinten.« Sie deutet in eine Richtung der Halle, die mir vertraut ist.

Ich nicke und Marie kommt näher zu mir. »Arbeiten Sie jetzt für diese Firma?« Sie sieht sich in unserem Stand um.

»Ja, aber nur während der Messe.«

Sie sieht interessiert aus, weshalb ich ihr kurz erkläre, dass unsere Werbeprodukte nicht nur eine Werbung für die Firma sind, sondern gleichzeitig die Produkte, die die Firma verkauft. »Wenn du also einmal die Firma deines Vaters übernimmst, dann kannst du hier die Produkte für deine Werbekampagnen kaufen.«

Marie betrachtet die ausgestellten Produkte und ich erzähle: »Ich war als junges Mädchen so schüchtern, dass ich mich niemals getraut hätte, einen Jungen anzusprechen. Da wäre so ein Lippenstift oder ein Kugelschreiber mit meinem Namen und meiner Telefonnummer oder einer anderen Botschaft manchmal durchaus praktisch gewesen.«

Sie zeigt sich tatsächlich interessiert: »Wie viel Stück muss ich denn mindestens bestellen?«

»Ab zehn Stück ist alles kein Problem. Je mehr du bestellst, umso günstiger wird natürlich der Preis für das Einzelstück.«

»So viele hübsche Jungs kenne ich gar nicht.«

Ich lache und frage sie: »Willst du einen Lippenpflegestift mitnehmen?«

»Klar«, sagt sie und ich gehe an unseren Materialschrank, um ihr zwei zu geben.

Gerade, als ich ihr diese überreiche, taucht Rick auf. »Marie, hier steckst du.«

»Papa, ich habe zwei Lippenstifte geschenkt bekommen, von der Frau, die bei uns zum Essen war.« Sie lacht fröhlich und zeigt auf mich.

»Ja, wir haben uns schon gesehen.« Rick kommt näher.

»Er findet Ihre Haarfarbe auch so schön«, sagt Marie und Rick legt seine Hand auf die Schulter seiner Tochter, während er mich anlächelt. »Genau, sogar ganz besonders schön«, ergänzt er.

»Na dann, es hat mich gefreut, dass ich dich getroffen habe. Viel Spaß noch«, sage ich zu Marie und wende mich ab.

»Kommen Sie einmal wieder zu uns?«, fragt sie und ich werde gezwungen, mich erneut zu ihr umzudrehen.

»Ich glaube nicht, dass ich in nächster Zeit in eure Gegend komme. Trotzdem danke für die Einladung.«

Marie redet weiter, während ich mich einfach anderen Leuten zuwende. »Aber ich dachte, Sie arbeiten vielleicht wieder bei meinem Papa. Papa, du hast doch mit Paul darüber gesprochen, als er bei uns war.«

»Marie, bitte, lass uns später darüber reden«, fordert Rick und zieht seine Tochter mit sich aus unserem Stand.

Den Rest des Tages bekomme ich niemanden mehr aus der Richard Beckmann Group zu Gesicht. Erst gegen Abend, kurz vor Messeschluss erscheint die Brünette. Sie ist wohl gerade dabei, die Messe zu verlassen. Demonstrativ bleibt sie vor unserem Stand stehen und Doris geht bereits in eine Position, die mir reichen würde, um schnellstmöglich das Weite zu suchen. Ich ignoriere die Brünette einfach, bis sie mich anspricht: »Dass Sie sich heute noch hierhertrauen. Haben Sie sich gestern nicht schon lächerlich genug gemacht?«

»Wissen Sie, im Gegensatz zu Ihnen war mein gestriger Aufzug ein Kostüm. Sie sehen immer so billig aus.«

Doris lacht auf und ich merke schon wieder, wie es in allen umliegenden Ständen ruhiger wird.

Die Brünette lächelt bissig: »Sie waren für ihn nichts weiter als ein sexueller Zeitvertreib.«

»Das hätten Sie wohl gerne«, sage ich, bin mir aber nicht so sicher, ob er nicht vielleicht tatsächlich so etwas in der Art zu ihr gesagt hat, weshalb ich noch schulterzuckend ergänze: »Anscheinend wissen Sie, wie es sich anfühlt, ein sexueller Zeitvertreib zu sein.«

Um uns herum höre ich Leute raunen, die meinen Kommentar anerkennend zur Kenntnis nehmen. »Aber ich bin diejenige, mit der er jetzt zusammen ist«, giftet die Brünette.

»Fragt sich nur, wie lange!«

»Sie haben Ihr Herz an ihn verloren, nicht wahr?«, stellt sie fest und ich bin kurz davor, einzuknicken.

»Und Sie scheinen so etwas gar nicht zu besitzen«, brumme ich.

»Ich habe gelernt, dass es in einer Beziehung meist zuletzt um Liebe geht. Außerdem, meinen Sie etwa, Sie hätten ihn mehr verdient als ich?«, brüllt sie fast schon zu laut.

»Nein, ich habe ihn nicht verdient«, schlucke ich leise und senke den Blick.

»Papa, reden die über dich?«, unterbricht Marie das Gespräch.

»Würdest du mir bitte erklären, was in einer Beziehung für dich an erster Stelle steht?«, fragt Rick scharf.

»Schatz, du weißt doch. Wir haben nie über Liebe gesprochen«, säuselt die Brünette, die wohl doch von Ricks plötzlichem Erscheinen überrascht ist.

»Nein, wir sprachen ständig über die Anschaffung irgendwelcher Luxusgüter.«

»Schatz, so war das doch nicht gemeint«, höre ich die Brünette rudern. »Aber du hast mir ja auch nie gesagt, dass du mich liebst.«

»Weil ich dich nicht liebe«, brummt Rick einfach und geht weiter, während Marie hinter ihm hergeht. Die Brünette wirft mir noch einen Blick zu und rennt dann davon, während sie von allen unfreiwilligen und freiwilligen Zuhörern ausgebuht wird.

Kapitel 14

ie nächsten Wochen vergehen wie im Fluge. Während ich mich intensiv auf meine Abschlussprüfungen vorbereite, sind die Messefilme der Geheimtipp auf YouTube. Die Firma, für die ich auf der Messe als Hostess gearbeitet habe, hat einen Vertrag mit mir abgeschlossen und ich habe mich als Michelle für Werbefotos zur Verfügung gestellt. Es gibt eine Menge Anfragen an Michelle oder auch an mich für weitere Hostessenaufträge auf den verschiedensten Messen und ich nehme diese Euphorie, die meine kurze Berühmtheit hervorruft, einfach mit. Doris profitiert ebenfalls, da wir häufig im Doppelpack gebucht werden. Dennoch konzentriere ich mich hauptsächlich auf mein Studium.

Eines Tages besuche ich Doris in ihrer Wohnung, weil ich einen kleinen Tapetenwechsel gebrauchen kann. Ich lasse mich auf ihre Couch fallen und schließe die Augen. Sie ist in letzter Zeit sehr schweigsam geworden, was ich aber darauf zurückführe, dass wir uns so häufig sehen und uns deshalb nicht viele Neuigkeiten zu sagen haben.

»Wie geht es dir, Ela?«, fragt sie mich heute einfach und ich sehe sie überrascht an. »Gut?« Auf diese Frage antworte ich eigentlich immer so.

»Und wie geht es dir wirklich?«

»Keine Ahnung. Ich lebe so von Tag zu Tag und warte ab, was passiert.«

Doris steht auf und sagt: »Ich muss dir etwas sagen.« Sie verschwindet kurz und als sie aus ihrem Schlafzimmer zurückkehrt, überreicht sie mir … eine Krawatte … die Krawatte mit dem John-Lennon-Aufdruck.

»Ist das …«, will ich fragen, aber sie sagt sofort: »Ja.«

»Wie …?«

Doris setzt sich neben mich. Sie starrt in den Raum, ich starre auf die Krawatte und sie berichtet: »Eine Woche nach der Messe ging ich zu einem Job als Hostess über meine Agentur. Ich war schon erstaunt, da ich noch nie zu einem Frühstücksbrunch als Begleitung gebucht worden bin. Ich dachte an den hohen Stundenlohn und fragte nicht weiter nach, wer der neue Kunde ist. Er hatte gezielt Sophia gebucht und ich dachte, er kommt auf Empfehlung. Als ich eine Weile gewartet hatte, erschien Rick.«

Sie lässt diese Tatsache eine Weile im Raum stehen und schnauft tief durch. »Ich wollte sofort gehen, aber er bat mich so inständig, zu bleiben, dass ich ihm schließlich Gesellschaft leistete. Er hat mir erzählt, dass er sich immer gescheut hätte, sich mit seinen Gefühlen für dich zu beschäftigen, weil er dachte, du seist eine abgebrühte Hostess, die genug Männer wie ihn kennt. Andererseits konnte er es nicht glauben, dass du so bist. Er war hin- und hergerissen, weigerte sich aber trotzdem, etwas anderes als eine engagierte Begleitung in dir zu sehen. Du hattest ihn einfach im Hotel sitzen lassen, nach der besten Nacht seines Lebens, hat er gesagt. Als er dich dann zufällig wiedertraf, da wartete er auf ein Zeichen von dir. Er rief sogar in der Agentur an, weil er dachte, du hättest vielleicht deinen Job wegen ihm gekündigt. Aber natürlich erfuhr er immer wieder, dass Sophia fleißig gebucht wurde.«

»Er hat ... auf ein Zeichen gewartet? Herrgott nochmal, er hätte ja auch einmal etwas sagen können. Meint der, ich hätte nicht gewartet auf ein Wort der Zuneigung, eine Geste, die mir verraten hätte, dass er in mir mehr sieht, als die Entladung der sexuellen Spannung, die zwischen uns besteht?«

»So in etwa habe ich ihn das auch gefragt. Aber er sagt, er sei sich über seine Gefühle für dich erst viel später klar geworden, obwohl sie sicherlich davor schon da waren. So hat er es ausgedrückt.«

Ich nicke, weil es mir so ähnlich ergangen ist. »Und warum kommst du jetzt damit heraus?«, frage ich leise.

»Ich wollte es dir eigentlich nie sagen, dass ich mich mit ihm getroffen habe. Du warst damals noch so durch den Wind, dass ich mir sagte, es ist besser für euch beide, die Sache endlich ruhen zu lassen. Mittlerweile bin ich mir nicht mehr so sicher. Eigentlich hat er mir leid getan, wie er da saß und sich nicht zu helfen wusste. Es hat ihn ganz schön erschüttert, als ich ihm schließlich die ganze Wahrheit über deine Krankheitsvertretung berichtete. Und regelrecht blass wurde er, als ich sagte, dass du nie eine Hostess in der Begleitagentur warst und mir lediglich ein einziges Mal aus der Patsche geholfen hast und zwar genau an dem Abend, als er dich kennenlernte.«

Ich lasse Doris' Worte auf mich wirken. Die fatale Tatsache, dass er mich für eine Hostess in einer Begleitagentur hielt, stand die ganze Zeit im Weg. Wie einfach wäre dieser Irrtum zu beheben gewesen!

Doris flüstert: »Er war wirklich sprachlos, eine ganze Zeitlang. Dann hat er mir die Krawatte gegeben. Er sagte, ich solle dir etwas ausrichten …«

»Was?«, wispere ich atemlos.

»Bitte sei nicht böse auf mich. Er sagte, du wirst ihn für einen Träumer halten. Aber er hoffe, dass du vielleicht auch von einer gemeinsamen Zukunft mit ihm träumst. Er wollte dich am Wochenende zum Essen einladen. Ich sagte, ich richte es dir auf jeden Fall aus.«

»Welches Wochenende?«

»Das ist schon lange vorbei, Ela. Ich dachte, ich tue dir einen Gefallen, wenn ich dich nicht damit belaste und habe die Entscheidung für dich getroffen.«

»Oh Gott!«

»Es tut mir leid. Ich habe erst jetzt von Ernst in der Oper erfahren, dass Rick sich noch am Sonntag nach der Messe von der Brünetten getrennt hat. Ich glaube, ich habe genau das Falsche getan, indem ich nicht mir dir geredet habe.«

Während ich die Krawatte an mich presse und mehrmals schlucke, sage ich: »Nein Doris, unsere Bekanntschaft hat mit dir begonnen und sie hat mit dir geendet. Vielleicht sollte das so sein.«

»Das meinst du doch nicht wirklich?«

»Er hätte sich bei mir melden können, als er sich von seiner Frau getrennt hat.«

»Ja, das hat er auch gesagt. Er kann selbst nicht erklären, warum er es nicht getan hat.«

»Danke Doris, dass du es mir gesagt hast. Ich bin dir nicht böse. Für Rick und mich gibt es keine Zukunft. Das Einzige, was uns verbunden hat, war das Problem, dass ich immer in Gefahr bin, schwanger zu werden, wenn wir zu zweit in einem Raum sind.«

Kapitel 15

Einige Wochen später stehe ich neben Professor Meyer in einem gut gefüllten Hörsaal. Wir haben eine Abschlussveranstaltung für unser Semester organisiert und ich habe mich angeboten, Professor Meyer bei der Durchführung zu unterstützen. Die Studenten haben die Möglichkeit, in einer offenen Runde alles loszuwerden, was sie über ihr Studium noch abschließend sagen wollen. Ein Mikrophon geht durch die Reihen und wird an die jeweiligen Sprecher weitergereicht. Professor Meyer und ich haben uns mit Head-Sets ausgestattet. Einige Mitstudenten haben mich angesprochen und gebeten, ein paar Abschiedsworte zu sagen, und nachdem diese Gruppe sogar an den Prof herangetreten ist, habe ich mich schließlich dazu bereiterklärt.

Ich trage meine alten Jeans und Turnschuhe, aber ein schickes Hemd und zwei Krawatten, die locker um meinen Hals liegen und ein schwarzes Jackett.

»Ela, du bist dran«, höre ich jemanden aus dem Saal rufen. Dass am oberen Ende des Hörsaals die ganze Zeit die Tür offen steht, stört niemanden.

»Ja«, sage ich und setze mich auf das Pult, das in der Mitte des Raumes steht. Professor Meyer nimmt neben mir auf einem Stuhl Platz. »Ich hoffe, ihr habt mich für die Abschlussrede vorgeschlagen, weil ich mich durch meine Leistungen während des Studiums dafür prädestiniert habe und nicht wegen meiner zweifelhaften Berühmtheit.«

Ich lächele und die meisten Anwesenden lachen mit. »Michelle!«, ruft einer meiner Studienkollegen laut durch seine Hände, die er zu einem Trichter vor dem Mund geformt hat.

»Ich darf euch meinen Freund Manu vorstellen, die meisten von euch werden ihn kennen. Er ist mein persönlicher YouTube-Stalker und heute ist er hier, weil er ein Video einstellen will.« Mit einer Armbewegung lenke ich die Aufmerksamkeit auf den jungen Mann mit den Rastalocken, der sich kurz selbst filmt. Natürlich habe ich ihn nicht verklagt. Wir haben uns angefreundet und zusammen mit Doris und Mui sind wir inzwischen eine eng befreundete Clique.

»Also«, fange ich an und stütze mich mit beiden Armen vorn auf der Tischkante auf. »Ich saß zu Hause und habe eine Rede für die heutige Vorlesung vorbereitet. Ich dachte daran, dass die meisten von euch wahrscheinlich schon viele Bewerbungen geschrieben haben, Vorstellungsgespräche hatten und einige von euch haben bestimmt schon die Stelle gefunden, wo sie nach dem Studium arbeiten werden.« Ich sehe in viele nickende Gesichter. »Das Studium hat uns nun jahrelang beschäftigt. Aber das eigentliche Leben, unser Leben, hat uns während dieser Zeit auch beschäftigt. Wie bezahle ich die Miete, welchen Nebenjob mache ich?«

»Messe-Hostess«, ruft jemand und ich lache.

»Ja, genau. Letztendlich kann ich mich nicht mehr erinnern, wann ich welche Klausur geschrieben habe, wann ich in der Vorlesung eingeschlafen bin, wann ich es besonders interessant fand, aber ich weiß genau, dass das jetzt zu Ende ist.« Ich mache eine Pause und bin überrascht, wie still es im Saal ist. »Eigentlich weiß ich, dass ein neuer Anfang, ein Beginn bevorsteht, aber ich habe trotzdem nur eine einzige Bewerbung geschrieben. Diese Bewerbung habe ich niemals abgeschickt. Sie liegt noch auf meinem Schreibtisch in der Mappe und wartet. Worauf wartet sie? Worauf warte ich?«

Manu filmt mich fleißig.

»Ich weiß, dass viele von euch in letzter Zeit nicht viele Gedanken an ihr Privatleben verschwendet haben, aber gerade das sollte niemand vergessen. Wir haben studiert und ich habe keinen Zweifel, dass ihr alle sehr erfolgreich sein werdet. Macht nur nicht den Fehler, euer eigentliches Leben zu vernachlässigen. Ich habe es vernachlässigt, teilweise, weil ich zu unbedarft an mein Leben herangegangen bin, teilweise, weil ich von manchen Geschehnissen zu spät erfahren habe.«

Wieder mache ich eine Pause, sehe auf meine Turnschuhe: »Eigentlich weiß ich gar nicht, was ich euch erzählen will. Aber ich weiß, dass ihr alle neugierig seid, was wirklich zu den Ereignissen auf der Messe geführt hat. Ich sitze heute vor euch, so wie ich mich fühle: Von den Füßen bis zur Hüfte als Privatperson, oberhalb als Geschäftsperson und ich trage diese beiden Krawatten, die mir alles bedeuten. Die eine ...« Ich winke mit der dunklen Krawatte, die ich Rick geklaut habe. »... steht für einen Beginn.« Dann nehme ich die John-Lennon-Krawatte. »Und diese hier für ein Ende. Wir haben ein Studium begonnen, das wir nun beenden. Wir werden eine berufliche Karriere beginnen, die irgendwann beendet sein wird. Wir haben ein Leben begonnen, das irgendwann zu Ende sein wird.«

Erschrocken bemerke ich, dass ich mich in eine emotional behaftete Stimmung geredet habe und gerate ins Stocken: »Was … was ich aber eigentlich sagen möchte: Wenn ihr mit eurer großen Liebe zusammen seid, dann setzt sie nicht aufs Spiel für den Beruf und die Karriere. Tragt immer nur die eine Krawatte, vorzugsweise die für den Beginn und haltet sie fest. Seid nicht so blöd wie ich. Ich hatte den Beginn in meinen Händen und habe es nicht gewusst, war zu dämlich, es zu verstehen.«

Für einen kurzen Moment starre ich vor mich hin. »Nutzt das Ende dieses Studiums für den Beginn eines neuen Abschnittes«, sage ich, als ich bemerke, dass alle auf mich warten.

»Und was ist mit dir?«, ruft Domenika.

»Ich … ich weiß noch nicht, was ich mache.«

»Schick die Bewerbung weg!«, fordert Manu laut.

»Das kann ich nicht. Denn die einzige Firma, bei der ich unbedingt arbeiten möchte, gehört dem Mann, dem diese beiden Krawatten gehören.«

Ich höre, dass es nun unruhig im Saal wird, und will die Rede beenden. »Wir sind zusammen ein Stück älter und hoffentlich auch weiser geworden. Ich wünsche euch alles Gute.«

Da höre ich eine leise Stimme aus dem Publikum. Ich kann nicht erkennen, wer spricht. Aber Manu hat anscheinend etwas gesehen. »Gebt dem Mädel ein Mikro«, ruft er nur und das Mikro wird weiter nach hinten durchgereicht, bis in die letzte Reihe ganz oben. Ich warte gespannt, bis ich eine klare Mädchenstimme höre: »Sprechen Sie von meinem Vater?«

»Was?«

Die Person mit dem Mikrophon steht auf. Es ist Marie und sie wiederholt laut: »Sprechen Sie von meinem Vater?«

Ein Raunen geht durch die Zuhörer und ich versuche einen Witz: »Marie, du hast doch heute nicht deinen letzten Vorlesungstag, oder?«

Sie reagiert nicht und ich erkenne, dass sie auf meine Antwort wartet. Manu ist ganz aus dem Häuschen. Ich hätte ja selbst nicht gedacht, dass es sich für ihn lohnen könnte, wenn er meine langweilige Abschlussrede filmt, aber er hat sich nicht von dieser Idee abbringen lassen.

Ich warte, bis Ruhe eingekehrt ist, und sage dann einfach: »Ja.«

Marie lächelt zufrieden und als sie nach hinten durch die offene Tür des Hörsaales sieht, haucht sie auffordernd: »Papa.«

Es ist totenstill und ich kann es fast nicht glauben, als eine Person durch die offene Tür in den Hörsaal kommt. Fragt nicht warum, aber irgendwie habe ich plötzlich den Soundtrack von James Bond in meinem Kopf. Ich werfe einen bösen Blick zu Manu, der aber eine Unschuldsmine aufgesetzt hat. Dann sehe ich zu Professor Meyer, der ertappt wegsieht. Aha.

Rick betritt den Hörsaal, bleibt oberhalb der Stufen stehen und mustert mich. Er will etwas sagen, aber Manu kommt ihm zuvor: »Mikro!«

Marie geht zu ihrem Vater und drückt ihm das Mikrofon in die Hand. Es wundert mich, dass Rick es tatsächlich annimmt und vor seinen Mund hält. Seine Stimme klingt merkwürdig belegt. »Das war eine sehr bewegende Rede, Raffaela.«

»Da … Danke.« Die Spannung im Saal ist fast unerträglich. »Ich fand sie eigentlich ziemlich mies«, ergänze ich noch und Rick stimmt mir zu: »Ja, du hättest das Ganze mit drei Worten zusammenfassen können.«

Dazu sage ich nichts. Rick macht ein paar Schritte die Treppe hinunter. »Um auf deine Bewerbung zurückzukommen, du bist hiermit eingestellt. Ich hoffe jedoch, dass du dich nicht als Weinspezialistin, Wetterfee oder Kennerin der französischen Küche beworben hast.«

Ich weigere mich, ihn anzusehen, während ich peinlich berührt den Kopf schüttele. »Außerdem möchte ich gerne eine private Einstellung vornehmen«, ergänzt er locker. Aber ich merke genau, wie angespannt er ist. »In mein Familienunternehmen. Mein Tochterunternehmen kennst du ja schon.« Ich lache nervös, weil Marie sich meldet und mir winkt.

»Sieh mich doch bitte endlich an«, raunt er durchs Mikro und fängt an, den Knoten seiner Krawatte zu lockern. »Unsere Zusammenarbeit bestand ja hauptsächlich aus der Sparte … Sex.« Er wartet geduldig ab, bis sich das aufgeregte Publikum beruhigt hat und ergänzt: »Aber ich bin an einer ernsthaften Erweiterung in Sachen Partnerschaft interessiert.«

Dann kommt er langsam die letzten Stufen herunter und legt das Mikrophon weg, während er den Knoten seiner Krawatte ganz weit aufzieht. Mit großen Schritten kommt er auf mich zu und ich ziehe mir das Head-Set vom Kopf. »Du bist meine süße Raffaela, meine einzig wahre Süße. Aber du hast bei deiner Krawattengeschichte etwas vergessen.«

Rick zieht sich die Krawatte über den Kopf. »Es gibt da noch die für den Neuanfang, auch zweite Chance genannt. Willst du sie tragen?«

»Ich liebe dich, Rick.« Er kommt mir ganz nahe und zieht mir die Krawatte über den Kopf. Zärtlich holt er meine Haare darunter hervor. Ich spreize meine Beine, damit er mir noch näher kommen kann, was einen Tumult im Zuschauerraum auslöst.

»Ich liebe dich, Süße, und das schon sehr lange«, flüstert Rick und küsst mich, während ich ihn umschlinge. Wir werden in kurzer Zeit so leidenschaftlich, dass Professor Meyer sein Head-Set einschaltet: »Danke für Ihre Aufmerksamkeit. Die Vorlesung ist hiermit beendet.«

Wir bekommen nicht mehr viel von unserem Umfeld mit. Erst als Marie neben uns auftaucht und erstaunt ein lautes »Papa!« von sich gibt, bemerken wir, dass alle aufgestanden sind und uns tosend Beifall spenden. Rick nimmt mich an der Hand und zieht mich und seine Tochter aus dem Hörsaal.

Kapitel 16

*Z*wei Jahre später.

»Hi Leute, hier ist wieder Manu und ich berichte euch von der Sales-Marketing-Messe. Ich stehe hier direkt vor dem Stand der Richard Beckmann Group und im Hintergrund könnt ihr bereits den wunderbaren, gut aussehenden Richard Beckmann-Bond erkennen, den ich jetzt zu interviewen gedenke«, erklärt Manu ausschweifend. Er hat inzwischen keine Rastazöpfe mehr, sondern ist eher kurzhaarig.

»Rick, auf ein Wort!«, ruft Manu und erntet einen strengen, aber doch belustigten Blick von Richard Beckmann, der sich der Kamera zuwendet.

»Manu, warum ich?« Rick verschränkt die Arme.

»Rick, komm schon, beantworte deiner Fangemeinde ein paar Fragen«, ulkt Manu und reicht Rick ein Mikro.

»Du meinst wohl eher *deiner* Fangemeinde. Also gut, aber mach es kurz.« Dann zeigt Rick in die Kamera und ergänzt: »Und glaubt nicht alles, was der Kerl euch erzählt.«

Manu grinst verschmitzt: »Rick, dürfen wir auf einen Auftritt deiner Frau als Michelle hoffen?«

»Ich glaube eher weniger«, lächelt Rick amüsiert und sieht zu Boden.

»Mann, wenn ich das so sagen darf. Deine Frau ist eine absolut scharfe Braut. Stimmt es denn, dass die

Rothaarigen überall rothaarig sind?«, fragt Manu frech weiter und verzieht für die Kamera das Gesicht.

»Manu, das fragst du sie lieber selbst. Sie ist gerade auf dem Weg hierher.«

»Ich habe sie schon gefragt und keine Antwort bekommen. Eine Frage noch, komm schon, mein Freund. Gib es zu, ihr hattet Sex«, feixt Manu und Rick lacht schallend, bevor er über die Frage den Kopf schüttelt. Er wendet sich ab und ruft: »Süße, würdest du bitte deinen Freund in die Schranken weisen und ihn davon abhalten, private Details aus unserem Liebesleben bei YouTube zu veröffentlichen!«

Eine rothaarige Frau erscheint hinter Rick und schlingt ihre Arme um ihn. »Was denn für private Details?«, fragt sie und drückt ihrem Mann einen Kuss auf die Wange. »Er wollte wissen, ob wir Sex haben«, raunt Rick seiner Frau zu und diese schiebt grinsend ihren dicken Bauch an Rick vorbei. »Einmal.«

»Ja, einmal«, stimmt Rick zu und streichelt den Bauch seiner Frau liebevoll, bevor er sie zärtlich küsst. Die Kamera kommt den beiden immer näher, bis Rick eine Hand auf die Linse legt.

Das Video wird durch einen harten Schnitt unterbrochen und da ist wieder Manu zu sehen, der in einem anderen Raum sitzt und sich offensichtlich selbst filmt, während er sagt: »Freunde, leider habe ich für den Rest der Messe absolutes Filmverbot erhalten. Aber ich habe mich natürlich nicht daran gehalten. Rick, Ela, wenn ihr das Video seht, seid nicht sauer, aber der folgende Zusammenschnitt hat mir so eine Gänsehaut gemacht, das muss ich einfach mit dem Rest der Welt teilen.«

Manu hat geschickt die kleinen Momente zusammengeschnitten, kurze beiläufige Berührungen und Blicke, mit denen Rick und Ela immer wieder kommunizieren: Während Rick in ein Gespräch mit einem Kunden vertieft ist und Ela hinter ihm vorbeigeht, legt sie kurz ihre Hand auf seinen Rücken. Als sie auf einem Stuhl vor dem PC sitzt und er neben ihr einen Stapel mit Prospekten holt, haucht er ihr einen Kuss ins Haar. Dann sieht man Raffaela laut lachend mit Paul, während ihr Rick im Hintergrund einen verliebten Blick zuwirft, obwohl er gerade telefoniert. Unglaublich, wie viele dieser Momente Manu festgehalten hat! Eine Szene reiht sich an die andere. Dabei sind es viele scheinbar zufällige Berührungen, die dennoch so zärtlich und vertraut ausfallen, dass sie in Zeitlupe zusammengeschnitten wirklich eine Gänsehaut verursachen. Dazu hat Manu den Song von John Lennon *Love is real* eingespielt.

ENDE

Danksagung

An erster Stelle möchte ich mich natürlich bei dir, liebe(r) Leser/in bedanken. Dafür, dass du dieses Buch in deinen Händen hältst. Ich hoffe jetzt natürlich, dass es dir auch gefallen hat, und freue mich anschließend auf deine Rückmeldung. Vielleicht bist du ja in der Stimmung, noch weitere Geschichten von mir zu lesen. Ich würde mich freuen.

Dann möchte ich mich bei meiner Testleserin Carina bedanken, die sozusagen als erstes Opfer meine Geschichten lesen musste/durfte. Deine Rückmeldungen haben mir die Hoffnung gemacht, dass vielleicht noch jemand außer mir und dir Interesse an den Romanen hat.

»Danke« an dich, lieber Jürgen! Du hast mich auf die Idee gebracht, meine Bücher einfach selbst zu veröffentlichen. Warum auch erst über einen Verlag gehen? Schließlich entscheidet der Leser, was gefällt. Dir verdanke ich auch, dass meine Homepage so wunderschön geworden ist. Und du bist immer da, wenn ich als PC-Idiot mal wieder irgendwo nicht weiterkomme. Ohne dich hätten meine Geschichten auch nicht die Cover, die ich mir vorstelle.

Besonders bedanke ich mich bei meiner Lektorin Claudia, die aus meiner guten Geschichte eine ganz besonders gute Geschichte gemacht hat.

Zum Schluss danke ich meinem Mann und meinen Kindern. Meinem Mann für das Vertrauen, das er in meine Schreibkünste setzt. Ohne eine meiner Geschichten gelesen zu haben, hast du mir die finanziellen Freiheiten gelassen, um mein Buchprojekt auf den Weg zu bringen. Du bist der Beste! Meinen Kindern danke ich für die unendliche Geduld, die ihr mit mir haben müsst, seit ich zum Schreiben meiner Tagträume übergegangen bin. Mir ist klar, dass ich manchmal nicht so anwesend war, wie ich es hätte sein sollen.

Weil das mit dem Schreiben aber so eine Sache ist, werde ich wohl nie wieder damit aufhören können. Deshalb könnt ihr in Zukunft noch mit jeder Menge Material von mir rechnen.

Bis dahin freue ich mich über Rezensionen, Anmerkungen, Anregungen oder einfach über einen kleinen Plausch. Gerne auch per E-Mail oder durch einen Besuch auf meiner Webseite/Facebook-Seite. Ich hab auch nichts dagegen, wenn alle Leserinnen und Leser das Buch auch an Ihre Freunde und Bekannten weiterempfehlen. ☺

Mit fröhlichen Grüßen
Pea Jung

Bist du bereit für mehr?
Hier findest du mich und meine Werke:

info@peajung.de
www.peajung.de
www.facebook.com/PeaJungAutor
www.youtube.com/PeaJungAutor

Kapitel 1 – Der Dildosaurus

*A*hhhh«, schreit mir der kleine Bengel entgegen, als ich ihm die Tür meiner Wohnung öffne. Schon stürmt der dreijährige Racker an mir vorbei. Die Dinosaurier-Figur in seinen Händen lässt mich vermuten, was das Gebrüll soll. Die Urzeit ist wieder da und wird im Laufe des heutigen Nachmittags meine Wohnung in einen Dschungel verwandeln. Etwas beunruhigt beobachte ich, wie der Junge auf meine weiße Sitzgarnitur zusteuert, diese erklimmt und voller Freude darauf herumspringt.

»Fabian! Du weißt doch, du sollst nicht auf dem Sofa hüpfen«, höre ich die tadelnde Stimme seines Vaters.

Vor allem nicht in Straßenschuhen, ergänze ich gedanklich.

Glücklicherweise lässt sich Fabian mit einem letzten großen Sprung auf meine Couch plumpsen. Mein milder, leicht verzweifelter Blick wandert zur immer noch geöffneten Haustüre, und da steht der Rest der Familie Beckmann.

Raffaela lächelt mich vorsichtig an und beißt sich dabei sichtlich schuldbewusst auf die Unterlippe. Als meine ehemalige Nachbarin kennt sie meine pedantische Sauberkeit und Ordnung zur Genüge. Sie kann froh sein, dass ich ihr das mit meiner Perücke damals verziehen habe. Was hatte sie sich auch dabei gedacht, meine hart erarbeitete Echthaarperücke in ihre Handtasche zu stopfen. Das freudige Lächeln des kleinen Mädchens in Raffaelas Armen macht meine aufkeimende Aufregung allerdings sofort wieder wett.

Vielleicht muss ich etwas klarstellen. Ich habe nichts gegen Kinder, schon gar nicht gegen die Kinder von Ela und Rick. Die kleine Emma mit ihren neun Monaten ist ein ausgesprochen süßer Engel und ihr großer Bruder ist, wie ein kleiner Junge eben sein soll. Wild, unberechenbar und so voller Energie, dass er kaum zu bändigen ist. Allerdings versetzt mich die Anwesenheit von Kindern immer leicht in Stress. Meine Wohnung ist alles andere als kindgerecht eingerichtet. Meine Wenigkeit ist alles andere als kindgerecht veranlagt. Mein Wohnzimmertisch besitzt eine gläserne Tischplatte, die ich erst einmal polieren darf, wenn die Kleinen wieder verschwunden sind. Meine Persönlichkeit muss die Anwesenheit von Kindern in meinem wunderbaren Zuhause erst einmal verkraften. Das klingt gemein, ich weiß, aber ich habe nun mal keine Kinder, lebe allein und muss auf niemanden Rücksicht nehmen.

Nachdem ich Rick und Ela in mein trautes Heim gebeten habe, Fabian hat endlich seine Straßenschuhe ausgezogen, kann ich kurz aufatmen. Ela macht immer so einen entspannten Eindruck auf mich. Sie sieht erholt aus. Ihre vielen Sommersprossen leuchten und werden von einer wundervoll roten Lockenpracht eingerahmt. Wenn sie wüsste, dass ich als zusätzliches Ego in der Agentur inzwischen auch eine rothaarige Ela-Identität angenommen habe, würde sie mir meine rote Lockenperücke um die Ohren hauen. Aber was sie nicht weiß, macht sie nicht heiß. Sie ist glücklich mit ihrem Rick. Das sehe ich ihr an. Und Rick? Seine Blicke auf Ela sprechen Bände. Ich kann mir gut vorstellen, was die beiden den ganzen Nachmittag über treiben werden, während ich auf ihre Kinder aufpasse. Die Betonung liegt hierbei auf *treiben,* wenn ihr versteht.

Mir ist klar, dass Rick es eilig hat.

Er sieht die ganze Zeit auf die Uhr und wirft seiner Frau diese speziellen Blicke zu, von denen er glaubt, dass ich sie nicht richtig deuten könnte. Das sind eindeutige Ich-fress-dich-gleich-mit-Haut-und-Haaren-Blicke, auf die ich manchmal ein bisschen neidisch bin.

Aber Ela scheint seine Blicke nicht zu bemerken. Wahrscheinlich fällt es ihr gar nicht mehr auf, weil er sie immer so ansieht.

Ich sehe ihr an, dass sie die Kinder nicht einfach abgeben und sofort verschwinden will. Das hatte sie mir schon am Telefon gesagt. Sie packt in aller Ruhe das mitgebrachte Kleinkindspielzeug aus und sucht einen geeigneten Platz für ihre Tochter auf dem flauschigen Teppich.

Währenddessen erkundet Fabian neugierig meine Wohnung. Es ist schon eine Weile her, dass er mit Ela hier war. Meist besucht sie mich mit der kleinen Emma am Vormittag, wenn Fabian im Kindergarten ist. Da er sich lautstark mit dem Dinosaurier beschäftigt, lasse ich ihn in Ruhe durch meine Wohnung tingeln. Es ist wunderbar, wenn er so schön spielt. Da würde der

Nachmittag sicher schneller vergehen, als vermutet.

»Geht es wirklich in Ordnung?«, vergewissert sich Ela bei mir.

»Klar! Ich ziehe das durch. Hauptsache, ihr holt die Bagage wieder ab. Sie werden schon nicht gleich unter meiner Aufsicht leiden!«

»So war das nicht gemeint, Doris.«

»Weiß ich doch, Ela.«

Rick sieht schon wieder mit diesem Blick zu Ela. Wenn die beiden nicht bald verschwinden, schmeiße ich sie raus. Oder vielleicht sollte ich sie direkt in mein Schlafzimmer lassen?

Ein lautes Lachen dringt aus eben diesem Zimmer. Was zum Teufel hat Fabian in meinem Schlafzimmer zu suchen?

Ela überreicht Rick die kleine Emma.

Sein Gesichtsausdruck verändert sich von geil auf schwer verliebt.

Die zärtlichen Worte, die er seiner Tochter mit einem Kuss aufs rötliche Haar haucht, kann ich nicht verstehen, weil ich schon wieder dieses brüllende Lachen von Fabian höre.

Ela will zur Wohnzimmertür gehen.

Rasch komme ich ihr zuvor. »Ich sehe mal nach, was Fabi so macht.«

Da steht er schon im Wohnzimmer. Jetzt wird mir klar, was ihn so höllisch amüsiert hat. In der einen Hand hält er seinen Dinosaurier. Nicht weiter verwunderlich. Aber in der anderen umklammert er etwas, das mir gehört. »Oh-oh«, formuliere ich treffend.

Liebe & Erotik

Pea Jung
Die echte Hostess
ca. 200 Seiten
Taschenbuch/eBook
erscheint im Mai 2015
ISBN: 978-3-7347-7668-7

Doris. Sie ist wieder da!
Humorvolle Liebesgeschichte
mit einem Hauch Erotik

Was passiert, wenn eine Hostess von akuter Midlife-Crisis befallen wird? Ein Problem? Nicht für Doris. Die sucht sich nämlich einfach eine neue Herausforderung, mit der sie sich von der eingebildeten Krise ablenken will. Für Doris ist das die Teilnahme an einem Pole-Dance-Kurs. Schon bald stellt sich allerdings heraus, dass ihr in ihrem Leben nicht nur der Kick des Unbekannten fehlt, sondern auch ein fester Partner. Zu blöd, dass hierfür gleich mindestens zwei Männer in die engere Auswahl kommen.

Übersinnlich verliebt

Pea Jung
CLARA (Band I)
Die geheime Gabe
448 Seiten
Taschenbuch/eBook
ISBN: 978-3-7386-0311-8

Pea Jung
CLARA (Band II)
Die Rückkehr
452 Seiten
Taschenbuch/eBook
ISBN: 978-3-7347-5724-2

**Bist du bereit?
Bereit für ein Geheimnis, das du
mit niemandem teilen darfst?
Öffne das Buch, begleite Clara auf ihrer
turbulenten Abenteuerreise in
ein neues L(i)eben, und du findest dich
auf der Liste der Eingeweihten.
Welches Pfand würdest du für
dein Schweigen in die Waagschale werfen?**

Warnung! Dieses Produkt macht abhängig und kann nicht mehr abgesetzt werden!
Zu Risiken und Nebenwirkungen lesen Sie alle Bände der Serie oder fragen Sie
die Autorin Ihres Vertrauens.

Daydreams into stories

Übersinnlich verliebt

Pea Jung
CLARA (Band III)
Finstere Vergangenheit
ca. 400 Seiten
Taschenbuch/eBook
erscheint 2015

Pea Jung
CLARA (Band IV)
Sturm auf Zeit

Taschenbuch/eBook
erscheint 2016

Clara erscheint als Taschenbuch/
eBook und wird 4 Bände umfassen.
Clara ist ein echter Hingucker –
auch im heimischen Bücherregal!

Daydreams into stories

Fantasy-Romance   Liebe & Erotik

Pea Jung **Die Wunschblase** 212 Seiten Taschenbuch/eBook ISBN: 978-3-7357-6115-6	Pea Jung **Die Putzstelle** 248 Seiten Taschenbuch/eBook ISBN: 978-3-7357-3940-7

Der sechsjährige Ben hat einen ganz besonderen Herzenswunsch: Er möchte seinen Papa Frank wieder glücklich sehen. Ganz klar: Der Papa braucht eine neue Frau. Und Ben eine neue Mama. Ben ahnt nicht, dass er mit seinem geheimen Wunsch außergewöhnliche Mächte in Gang setzt. Carolyn, ein weiblicher Dschinn, bekommt einen Auftrag...

Die Kellnerin Josefine kehrt unter einem Tisch ein paar Scherben zusammen. Eine ganz gewöhnliche Tätigkeit für eine Kellnerin? Weit gefehlt. Schließlich starrt ihr dabei spontan ein mysteriöser Unbekannter auf den Hintern und bezahlt sie auch noch dafür. Schon nach kurzer Zeit flattert ein unerwartetes Jobangebot ins Haus...